紅・黑

池袋西口公園・外伝

石田衣良
ISHIDA IRA

亞奇——譯

獻給使夜晚的新宿成為迪士尼叢林巡航的K氏及O氏

（十分鐘賺一千萬、十分鐘賺一千萬……）

小峰涉在心裡反覆想著這句話，一面努力從乾渴的嘴裡擠出唾液，送往喉嚨，但沒有用。喉嚨的黏膜感覺沙沙的很不舒服，像感染夏季感冒般發燙。

（我在這種地方幹什麼啊？）

不幹什麼。他很清楚答案是搶劫。從黑幫手上搶走全額破億的黑錢。這不是開玩笑。自三天前答應加入村瀨的橫財計畫時，他便知道自己這個不賣座的影視導演，已然成了強盜團的一員。不過知道歸知道，他的雙腳還是不住地發抖。而邀約小峰的村瀨勝也正背對著他監視遠方光町的暗處。八月早晨的涼風奔馳在無人的街道、穿過小峰的髮梢。

東京都豐島區池袋。這大都市的鬧區聚集了村瀨這種自立門戶開地下錢莊的敗類，和小峰這種差一步就成為敗類、靠時有時無的可疑工作討生活的傢伙。光町位於ＪＲ池袋車站東口。在連結太陽通和（當地人也常弄混的）太陽六〇通、冷冷清清的酒坊街、寬度二公尺左右的骯髒水泥路兩旁，比鄰著一間間小酒館和拉麵店。星期日凌晨五點的時間，每間店的看板和燈都熄了。巷道上方的燈飾像漁網張開於兩層樓高的廉價砂漿屋之間，與背景漸漸發白的天色對照之下，燈泡的光線簡直是夏空洗不去的污漬。

「嘔……嘔……嘔！」

中年男子駝背對著小鋼珠店獎品兌換處拉下的鐵門嘔吐。村瀨重重嘖了一聲。小峰不安地說：

「那位歐吉桑不要緊吧？」

「天曉得，而且我們現在也沒辦法找其他人了。還是說你願意動手？」

村瀨伸長食指，比出槍的形狀。小峰搖頭不語。中年男子回來了。這個臉色鐵青的條碼禿中年男穿著扣領襯衫，外搭夏季針織背心，以及殘留著嘔吐物痕跡的深藍色棉褲。這一身學院風的打扮早在三十年前就已不流行了。

「……不好意思。」

條碼禿抹了抹嘴邊，低頭向村瀨道歉。這個眼睛發紅的軟弱男人竟然擔任槍手。右邊口袋不自然鼓起的棉褲裡，裝的應該是村瀨給他的噴子——二英寸的槍身上已刮去製造號碼的美國左輪手槍，是在當地價值二、三片CD的便宜貨。

當村瀨眼神犀利地看著中年男子時，身體突然一振。他拿出嗡嗡叫的手機放到耳邊，而後皺起眉頭。

「知道了。」

村瀨僅回一句便切斷通話。接著他壓低聲音說：

「照原訂計畫進行。那傢伙會在六〇通甜甜圈店的街角轉彎。再二、三分鐘就到了。做好準備。」

三名大男人戴著只露出雙眼的黑色面罩，站在室外空調機相鄰的暗巷，套上葬禮用、全新的白色手套。已經不能回頭了。

（十分鐘賺一千萬、十分鐘賺一千萬……）

小峰再次默想這句話。看看手錶，時間是凌晨五點三分。

時薪六千萬圓的大事業開始了。

□

一名男子穿過聳立在光町交界、深藍底白字的塑膠看板拱門，獨自走進巷子裡。他穿深色夏季西裝、白襯衫、和西裝同色系的窄領帶，左手提著金屬製的消光公事箱。

他是我們等待的人——池袋最大賭場「七生」（Seven Lives）的其中一名店長、年近五十的瘦小男人。他身後十幾公尺跟著一名穿著耐吉運動服的青年。頂上無毛的青年一踏進光町，便旁若無人地戴上黑色露眼面罩。

即使身後尾隨了一名模樣可疑的男子，店長卻絲毫未覺，始終目視前方快步移動。映入小峰眼中的周遭景色開始顯得異常鮮明，光影的對比變得有如雕刻般強烈。從事影像製作的小峰常在緊張到了極點後，像攝影機一樣錄下周圍的風景。影像停留在腦海中好一段時間都忘不掉，心理學上似乎稱之為影像記憶，但增加的總是不愉快的回憶。看過藍色色紙再看紅色色紙，腦袋就會自動混色，將視野染成一片紫色。這話聽來可笑，卻是小峰無法操控的生理現象。

現在，他眼睛裡殘留的影像是店長白襯衫外翻到西裝外側的領口隨行走而晃動，這種毫無意義的影像。往後梳的油頭下，微微冒汗的寬額頭亮得像是塗了層油。這若是拍戲，小峰肯定叫化妝師幫他撲粉。扣在左手手腕和公事箱的手銬，在陰暗中閃耀著微光。當店長通過巷道中間的MTV時，村瀨宣布：

「動手！」

村瀨、小峰及還在發抖的中年男子離開陰暗處，堵在店長前面。店長沒尖叫也沒求救，反而處變不驚地僅以視線向村瀨致意。從背後接近的耐吉男戴著手套輕輕朝油頭店長的後腦揮拳後，店長誇張地呈現大字形倒地。村瀨於是交代：

「好好壓住他。」

當小峰在水泥地上壓好店長右臂，而耐吉男壓好左臂時，村瀨囈語似的問：

「手銬的鑰匙在哪？」

店長此時才開口，嘶啞的聲音細得幾不可聞。

「西裝外套的暗袋。」

村瀨朝負責開槍的中年男子點頭。中年男子蹲下用雙手握著左輪手槍。小小的槍管抵住店長左肩外側的肌肉，使店長發出悲鳴。

「欸，拜託避開骨頭和動脈。」

村瀨在中年男子遲疑時冷言道：

「動手，二千萬就是你的。你想脫離負債的地獄吧？」

中年男子閉上眼睛。小峰隔著手套感覺到店長變得全身僵硬。當中年男子扣下扳機時，巷子裡響起格外尖銳而空洞的槍聲。村瀨從蜷成蝦子的店長西裝外套裡取出小巧的鑰匙，解開手銬、取得銀色公事箱。

受到驚嚇的小峰依然壓著店長的手不放。左肩噴出來的血一下子在水泥地積成灘。濃稠的液體緩緩往巷道中央低窪的排水溝流去。店長按著肩膀說：

「快走，這裡隨時會有人過來。今晚一共進帳了十四束。剩下的就拜託你們了。」

村瀨點頭說：

「好，解散。晚上七點再到我的事務所集合。你們今天別出門了，在池袋出入更是要特別小心。」

耐吉男立刻小跑步離開，折返來時的路。負責開槍的中年男子也轉往光町的小巷。小峰傻傻站在原地，望著灰色水泥地上流動的黑河，掉在路旁的衛生筷因此泡在黑色的血水中。

「你啊，可別忘了脫下面罩。」

村瀨笑著丟下這句話後，便脫下黑色雨衣，提著公事箱消失在街角。明明傳出槍聲、發生搶案，卻沒有半個人探頭察看。這就是池袋。大家都不想和麻煩沾上邊。從某垃圾集中處傳來笨烏鴉的叫聲。小峰留下揮手要他趕緊離開的店長，邁向太陽通。他耗費所有精神控制想要拔腿狂奔的衝動，並在走出光町時回頭看。巷子裡，因為沒有人幫忙叫救護車，倒在地上的店長只好單手持手機，自行撥打一一九。

正對太陽通的青山西服櫥窗映出一名男子戴著露眼面罩匆匆走過。小峰一看差點叫出來。他火速剝下黑色面罩，掀起夏威夷襯衫，將面罩塞進腰間的牛仔褲，再看手錶。凌晨五點九分，自行動開始，只過了六分鐘。

（六分鐘賺一千萬啊。）

星期日早上的池袋沒什麼行人，只有兩、三個醉鬼和派報生。櫛比鱗立的大樓被朝日染成橘色，在特種營業傳單橫飛的街上，似乎還殘留著前一晚的餘溫。由三越百貨前往ＪＲ池袋車站的途中，小峰露出今早第一個笑容。他簡單地算了一下，即使是阿諾・史瓦辛格也沒辦法輕易賺這麼多吧。

畢竟做這麼一點事，時薪就有一億啊。

小峰的心情好到一早就想喝冰涼的生啤酒。

□

小峰涉認識村瀨勝已經四年了。當時他剛滿三十歲，在影視製作公司擔任導演。電視廣告、伴唱帶、影視發行公司轉包的戲劇……除了成人影片以外的工作，他都曾經手過。

他和村瀨便是因為工作相識。現已經解散的搖滾樂團音樂錄影帶中需要賭場畫面。出國拍攝是最簡單的解決方法，但沒有那麼多經費。至於國內特種營業法認可的合法賭場，很少有經營者願意出借場地拍攝。

取景師介紹了不曉得以何為生、名為村瀨的男人給當時傷透腦筋的小峰。小峰仍然清楚記得村瀨給人的第一印象。見面的地點在池袋車站西口的大都會飯店大廳。介紹人在挑高的天花板下向村瀨招手，他那令人望而生畏的表情在接近小峰的瞬間化為笑顏。騙死人不償命的笑容。

（這個人很危險。）

小峰沒來由地直覺如此。從村瀨的言談中，小峰得知身穿道上兄弟喜愛的高價雙排釦西裝的他與自己同世代。這個看似溫柔的男人在大都會飯店的大廳中，明顯散發出多數兄弟成功掩藏的暴戾之氣，或許是江湖上的保護色吧。村瀨以有趣的語氣問：

「小峰先生到賭場玩過嗎？」

小峰含糊回應之後，村瀨說：

「沒關係，今天我請客，在賭場小賭一把吧。」

在還摸不著頭緒的情況下，小峰點了點頭。事後回想起來，那根本是惡魔的甜言蜜語。

那夜村瀨帶他造訪位在池袋一丁目風化街上的賭場。龍蛇混雜的大樓裡還進駐了制服吧和KTV酒店。二人搭電梯到四樓後，村瀨熟門熟路地推開正對電梯口的紅色大門。

「歡迎光臨，請問這位是？」

長得像男公關的接待員招呼村瀨。

「我朋友。麻煩幫他辦理會員卡。」

接待員將入會申請書和塑膠卡片放在櫃臺上推向小峰。村瀨對著不知所措的他說：

「你要寫什麼名字都行。我的卡片上寫的是勝新太郎。」

接待員裝作沒聽見。小峰那陣子為了拍攝偵探片，重看了《飛靶》（*The Moving Target*），所以他拿起原子筆寫下保羅．紐曼❶交差。

經過櫃臺走進店內，穿著超短迷你裙的年輕制服妹撒嬌賣俏地笑問二人要喝什麼。這裡的酒似乎是無限暢飲。數張鋪著綠毛氈的桌子並排在一起，還看得到輪盤和吃角子老虎的機臺。女客之間冒出中文的謾罵聲。

村瀨從外套內側口袋取出黑皮夾，掏出三疊十萬圓一束的紙鈔給荷官，扣掉二成小費，換回三十六枚金光閃閃的籌碼。村瀨將籌碼對分後塞給小峰。

「那邊的賭桌請。如果不知道玩法，我會在一旁教你。」

小峰像被下降頭似的，被不曾經驗的百家樂賭桌吸去。

□

五百年源自前義大利的百家樂，可說是歷史悠久的賭博遊戲。傳說在富裕的貴族間大為流行，但可笑的是背地裡世家豪族只希罕古董。百家樂的玩法相當單純：最多發三張牌，在莊家和閒家間賭誰合計的點數最接近九（天牌）。賠彩接近二倍。小峰和村瀨就坐在中央挖空的七人百家樂賭桌左邊數來第六、第七的位置上。村瀨在他耳邊說：

「這桌最低賭注是五千圓。在你掌握竅門之前，先以最低金額下注就好。」

金色籌碼交到頭髮挑染的荷官手裡，換成等值的銀色籌碼回來。

「雖然賭場不歡迎如此小家子氣的賭客，但你不用在意，等會兒再賭大把一點就好。對

❶ Paul Newman：美國知名演員，一九八六年憑《金錢本色》一片獲得奧斯卡最佳男主角獎。

吧，兄弟。」

荷官聞言只有苦笑。村瀨在綠毛氈桌上寫了P的框框內，放了一枚銀色籌碼。小峰如法泡製。坐在第一個位置、塗有紅色指甲油的濃妝美女，似乎是外籍女公關。她押了上限五枚金色籌碼賭莊家贏。此時，她以雙手拇指和食指捏著慢慢瞇牌。

「阿波基！」

女人破口大罵，將捏皺的黑桃K丟回桌上。村瀨附耳說：

「阿波基是韓文的父親，意思是人頭牌。對方加了十點，所以第一局是我們獲勝。怎麼樣？百家樂很簡單吧！」

荷官在小峰的銀色籌碼上又疊了一枚。百家樂的輸贏二、三分鐘就能揭曉，在爽快的速度感中定勝負。玩法又只需選莊家或閒家下注。在賭場豪華的裝潢和波本蘇打的推波助瀾下，小峰覺得目眩神迷。

小峰相當走運，但也可能是村瀨的指導有方。接下來的四十五分鐘，月薪一點五倍的籌碼在他眼前堆成一座小山。離開賭場時，村瀨甚至幫忙換錢，卻微笑不願收下謝禮。

「回禮改天回來再一起給我就好。」

賭博有句話叫「初學者的好運」，卻沒有反義詞。墮落是踩著階梯蝸行而下，連當事人都不清楚自己是什麼時候越界的。那夜以來三年，沉溺賭場的小峰不僅把當初贏的錢吐回去，更輸得傾家蕩產、一落千丈。

惡魔已收到充分的謝禮。

□

結束搶劫的兼差後，小峰漫步走回他在要町的住處，無意搭乘計程車。他不想在接近案發的時間被司機記住長相。再說，從池袋車站東口的光町沿鐵軌走到要町，根本用不著十五分鐘。

對難得早上九點前起床的小峰來說，八月早晨的空氣非常清爽，感覺像做了對身體有益的事。他哼著Mr. Children的歌，穿過沉睡的鬧街、橫越山手通。

夾在獨門獨戶住宅間的白磚建築，就是小峰居住的地方。住戶大多是大學生和單身上班族的套房公寓。他搭乘電梯至三樓，打開三〇六號室的房門。不曉得是不是緊張的緣故，前晚幾乎沒睡的他，竟然毫無睡意。他躺在沒有收起的沙發床上，自架上選了一片ＤＶＤ開始播放。

影片是史丹利・庫柏力克❷早年的傑作《要錢不要命》（*The Killing*）。小峰一面用眼角餘光觀賞以紀錄片手法拍攝的黑白影像，一面將冷凍披薩放進微波爐加熱，再從冰箱拿出罐裝啤酒，為自己乾杯。

好歹自己這輩子也有一次要錢不要命的時候。分到的贓款在還完債務後，可以考慮用剩下的錢將這房間改成家庭劇院。小峰一直很想要索尼的新液晶投影機。

□

晚間六點半，小峰已看完三部電影：《亡命天涯》（*The Getaway*）、《大洋巨盜》（*Ocean's Eleven*）、《黑街之王》（*1959*），雖說不是刻意選擇，但他接連看的片子都是犯罪電影。現在他跳選頻道，讓電視新聞出現在分割畫面。

和某棒球選手訂婚的女主播，直視著攝影機讀稿。

「今早五點，東京池袋街頭發生一起現金三百萬圓的持槍搶案。附近賭場的店長遇襲，左肩中彈重傷。四名歹徒作案全程戴著面罩，以外語溝通。池袋署現以案發現場做為調查重心，全力追緝嫌犯的行蹤。」

螢幕上的影像慢慢平行移軸，帶出光町酒坊毗鄰的街景。昏暗的巷道在攝影師調大光圈後瞬間變得明亮，浮現的細節更為此處添上幾分蒼涼。五、六名鑑識人員蹲在店長倒臥的地面附近尋找線索。乾涸發黑的血跡比他印象中遜色。影像很快切換成海邊穿著泳裝潑水的女孩們。

「全國各地海水浴場的人數創下今夏新高……」

小峰搖頭拿起遙控器關掉電視。這時村瀨肯定笑得合不攏嘴。他邊在T袖外罩上黑色長袖襯衫，邊想：自己怎麼看都不像中國黑幫，而賭場損失金額也不可能只有三百萬這麼少。「七生」是池袋最大的賭場，業界無人不知、無人不曉。週末怎麼可能只有這點進帳。電視新聞老做不實報導。

小峰鎖上房門。為取回清晨勞動的報酬，踏上黃昏的街頭。

□

計程車五分鐘後停在上池袋的子安稻荷正門。小峰遞出千圓鈔，並切實收下找回來的零錢。在錢尚未入袋時實在無法擺闊。村瀨的事務所位於明治通分歧的小路裡，一間稻荷神社的後方，屋齡二十五年的四樓公寓閣樓。如果你想像成曼哈頓的高級閣樓住宅，可就大錯特錯。這棟公寓不但沒有電梯，房客還是可疑的地下錢莊及口交店。

❷ Stanley Kubrick：美國電影導演，生前最後一部作品為湯姆・克魯斯和妮可・基嫚主演的《大開眼界》。

小峰踏著塑膠地磚，爬上擺出俗豔看板的階梯，抵達頂樓。外面，在霓虹燈的反射下，照出池袋黑中帶紅的明亮夜空。只比組合屋好一點的小屋，有道格外氣派的門。小峰敲門，換來金屬冰冷的手感。門框上方的監視器正對著他。對講機傳出村瀨浮躁的聲音。

「……哪位？」

「是我，小峰。時間差不多了。」

不一會兒功夫，便傳來連續三道開鎖的聲音。村瀨笑呵呵地探頭說：

「進來吧。你也來幫忙開那個公事箱。」

這是間沒有神龕也沒有燈籠❸的事務所。十張榻榻米大小的木地板中央，放著五人座的塑膠沙發組。浮著一層灰的鋁窗旁邊有兩張辦公桌，鮮少執行文書作業的痞子似乎也認為事務所就該有辦公桌。安裝在房間角落的電視正在播放白天賽馬的結果。

坐在沙發的年輕人起身和小峰打招呼——是今早的光頭男。行搶時穿的白色耐吉運動服，已換成暗藍色的PUMA。當然，小峰並不認識他。除了小峰以外，村瀨都是找素昧平生的人來組成強盜集團。如此一來就算東窗事發，也不容易掌握彼此的關係。村瀨拿下置物櫃裡的橫杆，回到二人身邊。

三人低頭看著放在主辦公桌上的公事箱，一言不發。小峰偷瞄另外二人。他們對金錢的欲望如映在眼簾的火焰耀動著，要是不予理會，似乎可以燒穿公事箱表層經過消光處裡的鋁製外殼。村瀨打破沉默：

「這玩意的鑰匙在賭場老闆那裡，店長也說一旦上了鎖就打不開。我們只能撬開它。喂，你來弄。」

接下鐵杆的光頭男將公事箱立在地上，朝鑰匙孔猛敲。剛開始的那一下讓塑膠把手跳了起來，在鋁製的箱身留下凹洞。

「再來。」

村瀨搖頭，於是光頭男開始拿著鐵杆亂敲。金屬敲擊的聲響充斥屋內。擦過公事箱的鐵杆前端迸出火花。村瀨對全力揮杆十數次而氣喘吁吁的光頭男說：

「應該可以了，把它放到桌上。」

光頭男護著發麻的手沒放開鐵杆，小峰見狀主動拿起上方已經扭曲變形的公事箱放到桌上。村瀨傾身用一字起子取代鐵杆塞入蓋子的空隙，使出吃奶的力氣上下撬開。公事箱的嵌合處漸漸鬆動。

牆上掛鐘柔聲鳴音，告知時間已是晚間七點。電視正在播放夜間球賽：暫居第一的巨人隊對戰位居第二的橫濱隊，松井❹的麻臉占滿了螢幕。箱子終於打開了三英寸。

---

❸燈籠：點燈為亡者祈福或表示感謝之意。

「喔——！」

東京巨蛋的歡呼聲中，參雜了小峰和光頭男的歎息。村瀨喜不自勝地抬頭看向二人的瞬間，冷不防竄出瓦斯漏氣的聲音。村瀨皺起眉頭，不知道聲音從哪裡冒出來的。小峰指著公事箱說：

「好像是從裡面傳出來的。」

瓦斯漏氣的咻咻聲確實是從桌上的公事箱所發出來的。村瀨大叫：

「可惡，沒聽說過會這樣啊！這到底是怎麼回事？」

「說不定會爆炸，小心點。」

小峰尖聲警告後，光頭男隨即抱頭蹲下閃躲。

「混帳！」

村瀨豁出去地放聲大叫，同時用盡氣力上下扭動插入公事箱縫隙的鐵杆。結果金屬扣彈了開來，公事箱呈一百八十度攤開，裡面用橡皮筋整理成一束束的萬圓鈔溢滿整張辦公桌，並滾落在附近的地板上，但瓦斯漏氣的聲音仍不絕於耳。此時小峰說：

「你們看，出現彩虹了。」

裝在公事箱內的小型高壓氣體容器，於辦公桌一公尺左右的上空噴出透明無色的霧。然後在日光燈照映下，為黯淡的討債事務所掛上小小的彩虹。村瀨安心地癱在地板上，凝望淡淡的七彩光芒。

「害我虛驚一場。應該沒有毒吧？小峰，你認為呢？」

眼睛不痛，也沒有奇怪的臭味。全身虛脫的小峰坐在沙發上回答：

「應該吧，至少不是危險藥物。會不會是看似透明無色，但在特殊燈光下會顯色的藥劑？只要強行撬開公事箱，就會把裡面的鈔票留下記號。」

村瀨站起來說：

「原來如此。真不愧是咱們家導演，頭腦真好。」

對於抱頭蹲在沙發後面的年輕男子，村瀨給了他屁股一腳說：

「你這沒出息的傢伙，還不過來幫忙數錢。」

三人一同坐在沙發上，數起一疊疊被特殊墨水沾濕的鈔票。萬圓鈔一束為百萬圓，所以數起來不是難事，他們將十束疊成一捆的錢磚堆放在桌上，幾分鐘便大功告成。一千萬的錢堆共十四捆並排在包著廉價塑膠布的辦公桌上。村瀨一臉滿足地說：

「和平山叔說的一樣。確實有十四支——一億四千萬，而且稅金一毛錢也不用繳，爽呆了！怎樣？你沒話說了吧，導演。」

---

❹松井秀喜：前巨人隊外野手，二〇一二年引退。

小峰目不轉睛地看著眼前成堆的舊鈔。背後的對講機突然響起，嚇得他差點從沙發上跳起來。

「鎮定點，來的是槍手大叔。」

村瀨看了一眼擺在窗邊辦公桌上的小型閉路電視後，對驚魂未定的小峰說。小峰定睛一看，條碼禿膨脹變形的頭占據了整個監視器畫面。村瀨順勢走到玄關，俐落解開三道鎖，讓彎腰駝背的中年槍手走進事務所。螢光粉紅的馬球衫，搭配米黃色棉褲的打扮。這人還是一樣沒品味。鬆垮的凸肚腩被皮帶分成南北半球。村瀨指著辦公桌，笑著對這名坐在小峰身旁的中年男子說：

「到手了，舊鈔一億四千萬。你看！」

心情絕佳的村瀨變得多話。

「我就說這次的計畫準沒問題，那家賭場的店長早就厭倦了每天一大早搬運一億現金，每個月卻只拿四十萬的低薪了。就算是羽澤組也猜不到中彈的店長是共犯，更不可能向警方老實報告賭場營收。根據新聞報導，他們只申報了三百萬圓的餐飲費。這裡有一億三千七百萬是不存在於這世上的錢，所以這筆錢我們愛怎麼花就怎麼花。」

村瀨一腳踩在桌上，露出手工縫製的皮鞋底。被鞋尖頂到的萬圓鈔束塌了下來。中年男子像被錢堆蠱惑似的屏住呼吸。小峰回應：

「也許吧。只要那個店長不在警方和組織調查時露餡。」

村瀨不屑地笑說：

「放心，那傢伙也拚了老命。這時他八成躺在醫院的病床上丟出『陌生外國人，操著一口不知是中文還是什麼語言哇哇叫著』的情報來擾亂搜查吧！要知道，那位大叔一大把年紀卻因為迷上年輕的菲律賓女性，而找上門提議這次的假搶案。女人真恐怖。」

村瀨放下腳，對光頭男說：

「喂，小子。把夾在辦公桌旁的紙袋拿來。」

光頭男離開沙發，去拿側面印著PARCO商標的紙袋。

「在這閒嗑牙也只是浪費時間，把錢分一分吧。」

村瀨撐開全新的紙袋，輕鬆將萬圓鈔束丟進去。數到第十束，便把紙袋放在光頭男面前，並對小峰微笑說：

「接下來換你了。」

然後，同樣放了十束進紙袋。短短幾秒，一千萬大洋就落入自己口袋，簡直和近距離觀賞魔術沒啥兩樣。

「最後是鈴木叔。槍手的酬勞是這二個負責把風的二倍。你沒忘了把槍帶過來吧？」

中年男子似乎流了許多汗，馬球衫的領口和腋下濕成一片。他對村瀨用力點頭，使得條碼狀的劉海跟著晃動。村瀨看也不看中年男子，只是數了二十束裝進PARCO的紙袋。小峰身旁的中年男子局促不安地扭動身子，並從口袋裡掏出某個東西。

「你這是什麼意思？」

滿身大汗的中年男子哭喪著臉站了起來，雙手握著左輪手槍對準村瀨。小峰全身緊貼沙發扶手，盡可能遠離槍口。中年男子用蚊子般的音量說：

「對不起，麻煩你們把錢給我。」

村瀨聲如洪鐘，其氣勢幾乎使周圍空氣震動。

「別說夢話了！你以為事情會遂著你的心意嗎？你『絕對』逃不了的。」

村瀨緩緩起身。中年男子不敢直視他，頭也不抬地說：

「對不起，但我只有這麼做才能得救。各位，真的很對不起。」

中年男子怯懦地低下條碼狀的頭。村瀨高叫：

「混帳，別開玩笑了！」

接下來的景象全詳細記錄在小峰的眼球鏡頭裡。村瀨衝向窗邊的辦公桌，而非舉槍的中年男子。中年男子慌得拿不穩槍。在小峰頭頂上五十公分處搖晃的槍口，令小峰不自覺地放聲尖叫。

「不要，村瀨！」

村瀨手伸進辦公桌的第一個抽屜，翻找了二、三下，隨後出現的右手握著黑亮的自動手槍。村瀨身上的長袖襯衫是法式反摺袖，上面金色的袖釦為黑桃模樣……小峰的記憶不知為何中斷了。

「對不起！對不起！」

中年男子邊發抖邊道歉，接著閉眼慢慢扣下扳機。同一時刻，村瀨握著手槍放低身子，想就地趴下。火光竄過小峰的頭上。村瀨的左眼頓時開了個黑洞，身體像切斷絲線的人偶般倒下，發出鈍物撞擊地面的聲音。槍響在小峰耳中揮之不去。

中年男子想必無意殺死村瀨。只是村瀨準備臥倒而彎下的頭，湊巧和中年男子閉眼瞄準腳部的槍軌連成一直線。小峰的眼睛將這一瞬間的暴力旋風，如山姆・畢京柏❺的電影動作片場景，以慢動作記錄下來。眼底的屏幕留下村瀨頹倒在沙發後的身影殘像。槍聲消失後，火藥味仍久久不散。

中年男子哭著說：

「殺人了……我殺人了。」

---

❺ Sam Peckinpah：美國好萊塢西部片名導，血腥暴力片的始祖，發明多項動作片拍攝手法和新理論。激烈格鬥對戰時以慢動作拍攝的手法便是從他開始。

粉紅色馬球衫像是遇上午後雷陣雨般，被汗水浸溼。中年男子將槍口轉向光頭男，顫抖著說：

「不好意思，麻煩你把剩下的錢全裝進這個紙袋。」

光頭男死盯著槍口不放，用血色盡失的手抓起百萬鈔束往袋子裡塞。當他裝完一百四十束時，紙袋也裝滿了。中年男子小心翼翼地把紙袋抱在胸前。

「我出去後，請你們給我二、三分鐘。各位，真的很抱歉。」

語畢，他朝村瀨倒臥的位置，深深一鞠躬。

「村瀨先生，對不起。」

哭著道歉後，中年男子輕輕關上門，離開失去主人的事務所。腿軟癱在地板上的光頭男唉聲嘆氣說：

「可惡，沒賺到一毛錢還遇到這種事，到底算什麼？」

中年男子離去後，小峰踩著緩慢而沉重的步伐靠近村瀨倒下的位置。被沙發遮掩的屍體漸漸映入眼簾。村瀨俯臥在地上，手腳彎曲成奇怪的形狀，至於頭部附近，已經積了直徑一公尺的血灘，發出刺鼻的腥臭味。被子彈貫穿的後腦看起來就像是火山口，在染血的頭髮間，隱約可看到沾在上面的骨頭碎片和腦漿。根本用不著叫救護車。村瀨應該還來不及感到痛楚就死亡了。

前來領取一千萬的酬勞，卻被迫接管一具屍體，錢又一毛不剩。一開始再順遂不過的一天，即將留下最惡劣的結尾。小峰不怕損友的屍體。照村瀨的生存方式，總有一天會發生這樣的事情。他本身應該也有相當的心理準備才對。村瀨的人生是場賭局，不是輸得一無所有，就是倍數翻本地撈回。而且，要說危險，小峰也不遑多讓。有道是正所謂物以類聚，發生在朋友身上的事，遲早可能發生在自己身上。

（該怎麼辦？）

總之，先思考一開始浮現腦海的問題，讓自己冷靜下來。然而，小峰其實別無選擇，只能留下屍體逃亡，暫時不回東京。反正影視工作也因為不景氣而接不到案子，行程一片空白，還不如到南方島嶼的賭場，賭一把以慰村瀨的在天之靈。

光頭男打開事務所的門，弓背離開。直到最後，小峰仍不知道他的名字。他們這輩子大概不會再碰面了吧。想叫住對方的小峰，終究沒吭聲。萬一那傢伙有前科，事情會變得難以收拾，畢竟殺人現場留有光頭男的指紋。不過，那也是他個人的問題。小峰沒有前科，警方那裡當然也就沒有他的指紋紀錄，所以就算警方查出村瀨和自己是朋友，這間事務所裡有自己的指紋，也不成問題。

小峰坐在沙發上，等了一分鐘。對於自己的冷靜感到很意外，想起閉著眼睛發抖開槍的中年男子，普通人都是那樣殺人吧。雖然遺憾，但他與那個人應該不會再碰面了。人跑了，你也拿他沒輒。小峰沒有忘記村瀨提過那人的姓氏。

鈴木，擁有這個日本大姓的男人，哭著殺死了村瀨。

□

在事務所裡和屍體共處一室時雖然冷靜，但出了事務所之後，小峰卻緊張到了極點。如果被認識的人看到，就會成為對他最不利的證詞。再想到附近居民萬一通報警方有槍聲，自己就更不能在此地久留。他走下陰暗的樓梯，呆立在口交店和地下錢莊立板所占據的平臺，望著樓梯前方燈光朦朧的上池袋步道。

做好心理準備後，他便躡手躡腳地走下中央地磚磨損的階梯。彷彿是自己殺了人的心情。他通過燻黑的防火門，跨過公寓門檻，再若無其事地看看步道左右。夏季的夜風載著汽車廢氣，輕撫他的臉頰。小峰沒遇到熟人。日落後的星期日，只見一些男人粗服亂頭、信步而行的身影。在離車站有段距離的這個區域，霓虹燈的數量遠比人多。

小峰感覺到襯衫吸了汗黏在背部的不適，再次徒步走回家。看來有好一陣子不能搭計程車了。孤注一擲的大事業前半段進行得還算順遂，最後卻被半路攔胡。不走運的時候就是如此。凌晨五點開始忙得團團轉，甚至覺得會因此減壽，到頭來卻是白工。

他又覺得口渴，想喝冰涼的啤酒了。真是不可思議，無論日子過得順不順心，啤酒公司一定能在夏天大賺一筆。小峰現在非常想念冰箱裡的啤酒和想看隨便哪個導演拍的警匪片。

在電影裡，任何犯罪都是智慧型且安全，不會像村瀨死得那麼遜，或出現穿著粉紅馬球衫的膽小殺人犯。他要躲起來看精心編製的冒險故事，以安撫緊繃的神經。無法預料的事情已經夠多了。

□

小峰拖著沉重的腳步抵達要町的公寓時，已是晚上八點。他沒在公寓入口遇到任何人。在都市的套房公寓，很少會和其他住戶見到面，因為窮酸的隱私是這裡的賣點。他搭電梯到三樓。一盞又一盞等距的日光燈將光線灑落在無人的走廊。他站在三〇六室前，拿出口袋裡的鑰匙插進門把。此時，有人輕輕將手搭在他的肩上。小峰渾身汗毛直立。

「你就是小峰涉吧。」

彷彿碾過喉嚨發出的渾厚嗓音。小峰嚇得不敢回頭，但背後可以感覺到二人以上的體溫和視線。

「說話，我剛問你是不是小峰先生。」

門牌的羅馬字刻著KOMINE❻，他又拿了鑰匙準備開門，現在要裝成外人也太遲了。

小峰回頭說：

「到底有……」

三名壯漢包圍小峰。黑道的打扮——黑色與原色的低劣搭配躍入眼簾。三人看著小峰的眼神就像在看冷凍庫裡的肉塊。影視圈的小峰雖然很會說一些歪理，卻拿暴力沒轍，所以他連忙改成敬語。

「……何貴幹？」

站在中間的黑西裝男扯開嘴角，像是在笑。

「對我們組織的賭場下手，不該問我這句話吧。小哥，賞個臉，跟我們走吧。」

（我們組織……他們是羽澤組的人……怎麼會知道我們幹的事……照理說除了行搶的四個人外，不會有人知道我們的計畫啊……）

在一頭霧水的情況下，小峰腦海裡的思緒浮現又消失。站在他面前的黑西裝男，似乎是三人之中最年長的。他看著小峰，以不敢置信的表情說：

「我們可沒有時間讓你考慮呢，小峰先生。」

小峰一句話也說不出來。三人的視線像碎冰錐刺著他的臉。男人微微一笑。

「社長交代只要不被人發現，我們怎麼做都行。請你乖乖跟我們走，還是說你想現在就吃點苦頭？」

像鬥犬一樣站在他兩側的兩名男人，向前跨了半步施加壓力。小峰頭不敢亂轉地定在正前方，視線拚命在公寓走廊地面左右游移。星期日的晚間八點，緊閉的門扉文風不動地並列著，走道杳無人跡。在這種時刻，只有隱私萬無一失。

「嚇得說不出話了嗎？」

聽男人這麼一說，小峰才發現自己的腿在抖，但抖歸抖，腦子仍繼續盤算。如果大聲呼救，或許會有人出來。可是他說什麼都不想鬧到警察那。他是搶案的共犯，又目擊了村瀨的死亡。更別提因恐懼而緊縮的喉嚨還能不能叫得出聲音。小峰很清楚自己沒有一丁點膽識，光是要維持表面上的鎮定就已耗盡他的心力了。他深吸一口氣，好不容易擠出的聲音聽起來嘶啞得像是別人。

「我知道了，麻煩你們帶路。」

黑西裝男滿意地點點頭。

□

❻ KOMINE是小峰的讀音。

小峰在羽澤組組員的包圍下走出套房公寓。一輛珍珠白的豐田CELSIOR停在日光燈照射的門前。大哥坐在副駕駛座，二名小弟將小峰夾在後座中央。豐田無聲地發動，從要町通左轉至西口五叉路，往常盤通前進。池袋西口繽紛的星期日夜晚隔了車窗玻璃看來耀眼無比。正在約會的情侶和打扮入時的學生沐浴在比日光明亮的霓虹燈下，漫步在八月的夜裡。自己或許不會再見到這風景了。一思及此，他莫名尿急。

大哥笑說：

「人類恐懼到極點時，會無法控制下身肌肉。你還挺有種的。也有道上兄弟坐在你那個位置上，拉在褲子裡。」

小峰不敢回話，怕一出聲，會跑出不該出來的東西。

車子經過俯瞰JR山手線和東武東上線鐵路的池袋大橋。垃圾焚化廠的白色多邊形柱子像聳立在明亮夜空中的紀念碑。CELSIOR一下陸橋隨即回轉，悠然行進在高架橋旁的道路。這裡是文藝坐劇院關閉後，小峰便未曾駐足的東口鬧街，它的前方是寂靜的商辦區。

車子停在路口、一棟胭脂色磁磚牆的大樓前。大樓面向人行道的牆上嵌著「B-1大樓」這幾個銀字。

「下車。我勸你不要輕舉妄動。」

大哥低聲說。小峰幾乎是被架著通過入口的霧面玻璃。三張榻榻米左右的狹小大廳側邊可見和牆面同樣沙黃色的門。門旁掛了刻著『（株）❼冰高創意』的壓克力板。

「就是這裡。」

鐵門後的無人櫃臺再過去是間事務所。平頭和金髮的惡棍們彎腰駝背地面對鍵盤，使得成行成列糖果色機殼的麥金塔桌上型電腦和螢幕顯得格外突兀。辦公室本身裝潢得像是澀谷或青山的設計事務所，只是螢幕顯示的影像不是最新型的汽車或數位家電，而是如同散發光暈般的裸體寫真。大哥開心地說：

「有趣吧，池袋特種營業的傳單全由我們包辦。這年頭連黑道也要跟著數位化。」

如櫻花凋謝落滿街道的傳單，竟然是在這種地方製作的。小峰在早已麻木的心裡苦笑。在藤原紀香強調胸前事業線的照片下，閃爍著六十分鐘一萬四千圓，二回戰ＯＫ的文字。肯定是未經許可使用照片的外賣服務廣告。

在辦公室內部用隔板隔出的會議室裡，大哥繼續沿著變窄的走道前進。當他們抵達沒有窗戶、陰暗的逃生梯時，小峰的心跳快得發疼。進入建築物之後，男人們大剌剌地扣緊小峰的手腕，拖著他往地下室去。落在塑膠地磚上的髒污看起來像是某人的血跡，小峰開始全身發抖。

---

❼（株）：即為株式會社，等同台灣所謂的有限公司。

大哥在金屬門敲了兩下後表示：

「打擾了，社長。我把小峰那傢伙帶來了。」

門的雙扉吱呀地打開來。小峰的眼角先瞥見橫倒在地上的男性腳尖，PUMA的運動鞋、湛藍的夏麗褲❽。不會錯的，那是死去的村瀨所安排的搶匪之一——笨蛋光頭男。

「總算來了，你就是小峰涉嗎？我看看……年紀三十三歲，出生於橫濱。」

四面毫無裝飾的水泥地下室，發出潮濕的氣味。光頭男身下的地板也一樣單調，房間四邊砌了排水溝。天花板則有螺栓固定的勾子，雖然不知道是做什麼用的，但上頭吊著滑輪。

「你應該和那邊的小鬼不同，是正經人吧？為什麼要動我們組織的營收？」

靠裡邊牆壁擺放的醫院鐵床上坐著的男人，將視線從影印紙上抬起。油頭下的前額，不知該說是寬，還是髮線後移，還有一雙彷彿望著遠方、疲憊的眼睛。比起黑道，這位中等身材的中年男士更像中堅企業的總經理。地下室昏暗的四個角落，分別站了四名雙手在前交握的組員，每個人臉上都抹去了表情。

小峰在房間中央被反手上銬。然後大哥輕踢他的膝窩，讓他自然以端正的跪坐姿勢仰視中年男士。

「躺在那邊的小鬼似乎叫坂田，因為問不出我們想要的情報，所以稍微動了一點粗。小峰先生，你是成年人了，能不能請你說明你們的計畫呢？」

原來光頭男姓坂田啊，小峰第一次聽到。若接受拷問，自己恐怕也會一五一十地招供吧，還是直接全盤托出，別討皮肉痛才是上策。

「假搶案是『七生』店長主動向一個名為村瀨——不屬於任何組織、單打獨鬥的男人提議的。由村瀨負責安排三名搶匪。主犯分別是村瀨、槍手大叔，還有負責把風的我和倒在那裡的傢伙。在您提起之前，我根本不曉得那傢伙的名字。」

中年男士滿意地點頭。

「原來如此，素不相識的強盜團啊。那個名叫村瀨的混混很快也會到這來。重要的是那筆錢呢？」

一時之間，小峰搞不清楚中年男士究竟在說什麼。村瀨會來？所以他還不知道村瀨被殺的事情。

「稍等一下，能不能請教您是如何得知我們的計畫的？」

他背部肋骨的右下方，也就是腎臟處，被人準確地踹了一下。一腳便讓他冷汗直流。

「發問的是我們，但無所謂，就告訴你吧。今晚七點，公司收到傳真。一張A4紙上詳列搶匪的姓名、住所和年齡、外貌。」

❽SHALIPAN：花樣鮮豔的休閒棉褲。

小峰痛得蜷成一團，仍不忘思考。七點是村瀨被槍手射殺之前。看來鈴木的背後另有操縱者，那個膽小的男人不可能想得出如此漂亮的手段。一定要善用對方還不知情這一點。只是一個弄不好，自己很可能會當場沒命。小峰對上中年男士的視線。

「不好意思，請問您的大名？」

站在中年男士右方的組員一語不發地衝過來。

「慢著。」

威嚴十足的一聲斥喝，制止了即將揮下的拳頭。街頭流行風打扮的矮個子青年重新回到定位、雙手交握在前，一臉什麼事情都沒發生過的表情。然後中年男士表示：

「考慮到今後的事情，告訴你也無妨。我是這間冰高創意的社長，冰高善美。」

原來這男人是池袋數一數二的暴力團❾——關東贊和會羽澤組的財庫。小峰曾聽村瀨提起。他在冰高身上感受不到黑社會兇暴的氣息。至少自己應該不會在這裡喪命。服下一粒定心丸後，小峰侃侃而談。

「冰高先生，連您在內，我們全都被擺了一道，真正獲利的另有他人。村瀨早就死了。」

冰高皺起寬闊的額頭，面露訝異並盤起手，但影印紙仍維持在與目同高的位置。殺風景的地下室響起手機的來電鈴聲——莫札特的三十九號交響曲，第一樂章序曲中的連續快板是一開始的主題。小峰在東北溫泉旅館的形象影片中，曾為楓紅欲燃的奧羽山脈配上這首樂曲。冰高取出暗袋裡的手機貼近耳朵。

「什麼事？」

冰高瞇起眼睛，連小峰都看得出他的臉色變了。他聽著電話，過了半晌才低聲回應，並開始皺眉思考。小峰趁對方心意未決，激切地說：

「槍手大叔射死村瀨，奪走所有現金，正好是傳真送來的時間點。上面有寫那傢伙的全名和住址嗎？拜託您確認一下，槍手大叔姓鈴木。冰高先生，麻煩您仔細想想。我們確實策劃了假搶案，但真正獲利的另有其人。那傢伙出賣同伴、密告我們作為保險，好自己拿了錢脫身。那個幕後黑手不但搶了您店裡的錢，還利用您當獵犬。我敢打賭那人現在正得意地笑著。」

也許說得太過火了。小峰僵著身體以備隨時會從視野死角而來的攻擊。冰高像是自言自語地說道：

「的確，村瀨事務所所在的公寓現在有一堆警察，還拉了封鎖線，無法靠近。假設你說的是實話，屍體已經曝光了。這張傳真沒有鈴木這名字，紙上的關口恐怕是不存在的第四人。猴子，打給堀田，負責關口的人是他。」

---

❾暴力團：日本警方對日本黑道組織的稱呼。

冰高將手機交給剛才那名矮小的手下。小峰鍥而不捨地說：

「我親眼看見村瀨遭到槍擊。今天晚間警方應該會發表殺害村瀨的凶器，和今早的搶案使用的是同一把槍。」

冰高疲憊地笑了。

「原來如此，為了從這個局面脫困，你還真是努力呢。你可以分得多少贓款？」

小峰低頭回答：

「一千萬。」

「是嗎？真是可惜。欸，幫他鬆綁。」

站在後方的大哥解開小峰的手銬。冰高以帶著笑意的聲音，對不明所以、揉著手腕的小峰說：

「你這平民百姓，以為黑道都是立刻喊打、喊殺嗎？你的屍體一文不值，趕緊畫押、蓋下指印吧。」

推來眼前的板夾上有張電腦輸出的單據。不但貼了印花，也蓋了冰高創意的公司章。無疑是合法的借據。小峰一看金額欄，眼睛頓時瞪得老大。

五千萬圓！

「努力工作還錢吧！受聘的店長平山、躺在那裡的坂田和聰明的你，這輩子都逃不出我

弟幹起？」的手掌心，就這麼求生不得、求死不能地工作下去。小峰啊，你要不要試著從我們組織的小

列在借據上的天文數字叫小峰眼前一黑。今天真是曲折離奇的一天。早上賺的一千萬飛了，晚上則有黑道逼他背下五倍的債務。冰高彎起嘴角，愉快地說：

「我們公司的小額借貸和工商融資，還算是有良心的，年利率不過百分之二十。」

小峰心神不定地聽著。如此一來，即使每年還款一千萬，本金也估計是一毛不減。一旦在這張借據上捺印，便如冰高所述一樣，要為他做牛做馬一輩子。他腦中閃過整晚站在風化街舉看板，以及趁警方不注意時在電話亭偷貼黃色傳單的灰暗生活。

小峰有生以來初次嘗到未來在眼前封閉的感覺。原以為還有錦繡前程的人生，縮得像牆壁蟲蛀的破洞般黑暗渺小。這和當場死去相比，究竟是哪一邊比較輕鬆呢？

「勸你別想逃。橫濱市中區——是不錯的地方呢。你老家的地址也寫在這張紙上。差你幾歲的妹妹似乎是大學生。就算你鬧失蹤，這張借據也會轉嫁到父母身上。你要讓妹妹淪落至泰國浴嗎？」

冰高毫不掩藏笑意。連逃也不成，小峰可說是進退兩難。不過他很清楚自己有幾分膽子。他應該會在遭人痛毆強行畫押之前，乾脆地蓋下指印，出賣自己的人生吧。反正自己除了攝影、挑剔主角演技不佳之外什麼也不會，連影像製作的成就也不上不下。甚至連瘋狂著

迷的賭博，也沒有些許才能。

「動作快，你沒有猶豫的權利。敢對我們組織的錢下手，就已經是自掘墳墓了。」

冰高像是法官宣判了他的罪刑。小峰在他們遞來的印泥上，用拇指壓了一圈，再將指尖蓋上借據。年輕的組員手中的板夾跟著微微下沉。

在簽下名字裡熟悉的三個字時，他的心中亦燃起憤怒的火苗。事情真如冰高所言嗎？這個把人當成螻蟻的男人，才是被一手拉拔的店長偷走賭場一億四千萬圓營收的笨蛋不是嗎？自己竟然想把一生賣給這種人。這樣真的好嗎？交回鋼筆後，小峰語氣平靜地說了連自己也沒料到的話。

「冰高先生，你拿我們三人的人生做抵押，或許確實能收回一億五千萬，但組織的面子該怎麼辦？此事現在恐怕已經成了池袋街頭茶餘飯後的話題，」

小峰呼了一口氣，抬頭直視冰高。

「閒話羽澤組的智障讓賭場營收被搜刮一空，卻不能報警，只能哭著入睡。」

男人們從地下室陰暗的四個角落衝上來。朝雙手抱頭的小峰胸口、側腹部、大腿、腳尖揮拳，熱痛的雨落在全身。小峰咬緊牙關，不發出呻吟。

「夠了，住手。」

冰高厭倦地說。男人們立刻停止動作，回到定位。冰高離開鐵床，蹲在俯首跪地的小峰面前。

「我說小峰先生，你惹我們生氣，有何意圖？不可能單純只是想挨揍吧？」

小峰抬起毫髮無傷的臉。專家果真不會在看得見的部位留下傷口。

「要不要試著利用我呢？不是在組裡面打雜，而是利用我回收消失的一億四千萬圓。你組裡沒人見過槍手的長相，黑道問話又常遇到對方嚇得說不出話來的情況。我不知道自己聰不聰明，但絕對比站在那裡的笨蛋們有用。」

冰高咧嘴笑了。

「聽到了嗎？這傢伙說你們是笨蛋呢。」

男人們全以凶惡的表情看著小峰，像是冰高不在就要將他大卸八塊的氣勢。冰高朝部下一吼。

「笑啊，你們這群蠢材給我笑！那麼，小峰先生，你開出的條件是什麼？」

「如果我找出幕後黑手，成功取回所有錢，希望借款能一筆勾銷。」

冰高舉起右手，在小峰臉上輕拍兩下。

「有意思。你們聽到了沒？這男人比你們懂得談判。好吧，小峰先生，如果你成功了，債務就一筆勾消。」

不能在這裡收手，他要討回挨揍的份。小峰裝出不痛的表情說：

「還有一個條件，能不能請你附上和我今天早上賺的金額相同的一千萬圓，作為成功的報酬？」

他背後傳來此起彼落的叫聲。

「社長，現在就宰了這個傢伙！」

冰高驚訝地注視著小峰譏諷道：

「你知道一個月有幾個週末嗎？少個一、二億無損我們組織。想說的人就讓他去說吧。你想想，要是我們組織引起不必要的騷動，而被警察盯上、賭場被搜，那才真的是攸關存亡的問題。大客戶會嚇得不敢接近店裡。」

冰高微微挑眉，露出愉快的表情。

「不過，方才你的提案讓我許久沒笑得那麼開心了。好吧，不是從組織，而是從我的口袋掏一千萬給你。你就努力找出那個叫鈴木的傢伙吧。但是，期限只到這個月底。」

冰高起身時，反手給了小峰的臉頰一拳。不會痛，但直接貫穿骨頭的聲響卻留在耳裡。

他回到鐵床表示：

「我讓齊藤富士男跟著你。猴子，堀田找到第四個人沒？」

剛才的矮流氓奉還冰高的手機並回答：

「沒有。他說那裡沒有關口這戶人家。」

「是嗎？以後每天向我報告這傢伙的動向。」

穿著寬鬆黑大衣的組員面朝前方、中氣十足地回應：

「是！」

小峰抬頭看向被稱為猴子的矮個子年輕人時，才發現他交握在下腹部的左手沒有小指。

□

冰高離開地下室後，男人們的身影也消失了大半。把風的坂田仍倒在水泥地上，不時發出呻吟。齊藤走近向小峰稍稍點頭示意。

「起來吧。」

小峰用發麻的雙腳起身。剛被打的部位此時才開始發疼。起先的炙熱感不一會兒便轉為痛楚。他在影視製作公司幹ＡＤ以後，就沒被人揍過。他誠惶誠恐地問齊藤。

「接下來該怎麼辦？」

齊藤給了個怪表情。

「那是你的自由。你不是要追討被搶走的錢。」

「不用住在組織旗下的宿舍嗎？」

齊藤不屑地哼了聲。

「真麻煩。誰要管你一個大男人怎麼生活，更別說你的住處和老家都已經曝光了。別說了，快點離開吧。」

齊藤挺起窄小的肩膀率先離開，邁向走廊。他的身高只至小峰下巴，大概一百五十五公分左右。此時，他在堆著紙箱的樓梯間停下，回頭對小峰說：

「話說回來，剛才真是精彩。雖然每個組織可能都差不多，但我們組織多得是打混摸魚的傢伙。和你說的一樣，都是笨蛋。」

在他們穿過事務所成列的麥金塔時，留下的幾個男人和齊藤四目相對地點頭打招呼。看樣子這小子年紀雖輕卻備受矚目。他挺背在牆上白板自己的那一欄寫下：

「和小峰用完晚餐後，直接回家。」

齊藤猴子放下白板筆，有點難為情地說：

「社長的管理相當嚴格。晚飯一個人最多只能吃一千五百圓。你想吃什麼？」

小峰和猴子踏出冰高創意的大樓後，越過馬路，走至池袋車站東口的風化街。僅允許一輛小貨車通過的單行道兩側有偷窺屋、脫衣舞、半套服務、電話交友、打工俱樂部等可疑的店。多到接近礙眼的霓虹聳立在夜空。不曉得是不是因為夏季柔和的氣息，而少了新宿歌舞伎町那般帶刺的氣氛。在池袋，男人和皮條客的步調稍顯生澀和緩慢。

這條街唯一散發文化氣息的文藝坐早就停止營業了。小峰大學時期，在這看了黑澤明的回顧影展，然而《七武士》和《大鏢客》帶給他的震撼力卻恍如昨日般鮮明。猴子背對著他詢問：

「欸，你說要把錢拿回來，有法子嗎？」

小峰壓下歎息。

「沒有。和你們社長談話時，我的心中突然燒起了一把無名火，便脫口說出那樣的話。這下該怎麼辦才好？」

黑色尼龍大衣的背影抖了抖，可以聽見短促的笑聲。

「那樣或許也不賴，至少幫你爭取到八月底的時間。我不知道你是怎麼看黑道的，但加入後和一般公司沒啥兩樣。憑你剛才的膽量，說不定意外適合這一行。」

猴子拐進左邊金券行❿和御門牛肉場之間的狹小通路。

「這裡有一家好吃的中華涼麵和黑豬肉煎餃店，吃那間可以嗎？」

小峰感到不可思議。以為會被對方凌虐到無法走路離開，結果卻拿組裡的錢請他吃中華

❿金券行：販賣二手票券（大多是車票和禮券）的店家，此外也會販售一些二手商品。營業已久的店家甚至找得到古錢、紀念貨幣或罕見的郵票。

涼麵。只是，以今後要花一輩子還五千萬的巨額來說，這種價位的晚餐實在稱不上撈本。

走進巷子裡，左前方的上空傳來淒厲的叫聲。小峰抬頭看見「情色俱樂部・天國樂園」粉紅底透黃色的看板。

「你這個色胚，找死啊！快點付錢！」

從兩層樓泥灰建築物的狹小樓梯走出少爺打扮和上班族模樣的二人組，後面跟著三個穿著黑褲子及原色開襟襯衫的男人。三人其中之一人注意到猴子，簡單地打了個招呼。猴子僅點頭回應，便不予理會。

上班族被推進店後方的停車場。小峰悄聲問：

「他們接下來會如何？」

「不知道，大概會拿走他們的現金卡，打到他們說出密碼吧。」

「那也是你們社長的店嗎？」

猴子朝路邊吐口水。

「不是，冰高先生沒有蠢到在這年頭搞剝皮店。但說來丟臉，我們同為羽澤組支系。那裡是羽澤組系岩谷組的店。如果說我們冰高組是管理賭博和金錢交易，那邊便是暴力與色情，成為直系組織裡的兩大派系。畢竟本家老大已經上了年紀。」

店後頭傳來骨頭撞擊和男人哭泣的聲音。走在路上的行人似乎都不以為意。和平的池袋夜晚。猴子嗤笑。

「岩谷的老大在池袋東口和西口所布的網加起來近十間，每三個月更換一次店頭看板。你最好也小心點。光是坐在店裡破爛的凳子上，戶頭的存款就會被掏空。」

猴子掀開被油燻得像是硬紙板的暖簾，走進目標的中華料理店。

吃完組裡出錢的晚餐後，小峰和猴子回到巷道。臨走之際，猴子沒忘了拿取冰高創意抬頭的收據。他走到明治通的豐島區公所前招計程車。

「上車吧。我想先去看看你家，所以一起走。」

不容拒絕的語氣。小峰在他的催促下先坐上計程車。計程車於明治通左轉後，加足馬力在池袋大橋奔馳。從陸橋看出去，車站上方的夜空好明亮，彷彿為池袋的高樓大廈覆上光罩。

和小峰同樣望著左側車窗的猴子悄聲問：

「喂，像你這種正經人怎麼會動那種歪腦筋？在我看來，你挺老實的。」

小峰自己也想不透。村瀨提起藉由假搶案偷走賭場營收時，感覺像是完美的計畫。事實上，搶劫也照預定進行。要不是槍手窩裡反，他現在也不會背負五千萬的債務，又受到組織派人監視。小峰沉吟道：

「因為賭博。」

在昏暗的後座，猴子目不轉睛地盯著小峰。

「怎麼說？」

車子開過路面高低斷差時的震動規律地傳至臀部。小峰累了，他注視著前方車窗延綿的黑色柏油路，喃喃問猴子：

「我該怎麼稱呼你？喊你齊藤先生就好嗎？」

「不，喊我猴子就可以了。大家都這麼叫我。」

猴子連看都沒看他一眼地回答。冷淡的口吻讓小峰首次意識到這名冰高組組員的年輕。

「猴子先生應該不賭博吧。」

「對，因為黑道的人生就是場賭局。」

「在運氣背到谷底的夜裡，我會在天色將明之際放手一搏，乞求輸的錢可以靠這一把全部贏回來。我的情緒總會變得莫名亢奮。可是，貿然下注是不會有好下場的。結局往往是我吞下苦果，走在清晨的街道。」

「哼——」

猴子僅哼聲回應。小峰繼續自我調侃。

「那種時刻就像泡在熱熱的溫泉裡，全身發麻。心情也變得酸甜交織。自己果然不行——跌落谷底才如此鬆了一口氣。只是隔沒幾天，又會懷抱新的期望前往賭場。」

街燈的光線劃過猴子面向小峰的臉。

「因成為輸家而感到安心嗎？你遲早會為賭博而死。」

「可能吧。這次的假搶案說不定類似黎明時的豪賭。押對了，就能弭平所有損失。不過那樣也只是正負相抵為零，回到起點罷了。」

猴子面無表情地看著側車窗。埼京線⓫的電車經過陸橋下，車廂的燈火也跟著晃過鐵路旁的碎石子。

「你的膽量不錯，腦袋也不差，卻少了什麼重要的東西。」

「或許是吧。」

對小自己十歲的黑道所下的評論，小峰率直地點頭承認。自己也許是為了找尋自己不足的東西，才一頭栽進賭博。雖然現在只是憑著一股衝勁衝下社會的階梯，沒有任何收穫。

但，這一切也快結束了。自己的人生恐怕到死都得受冰高壓榨吧。那筆錢無論如何是拿不回來了。今後除非是丟了這條小命，否則不會再有更慘的境遇。

新的谷底之於小峰，就像是他人的事。

□

⓫埼京線：埼玉縣大宮往東京都池袋、慧比壽的JR區間路線通稱。

計程車停在要町的套房公寓前。小峰早猴子一步在無人的電梯廳站定。兩人搭電梯至三樓後，小峰打開三〇六號室的門。

「你想參觀，那就進來吧。」

猴子脫下綁繩的工作靴，往浴室和洗衣間夾擊的狹窄走廊前進。小峰的住處是附夾層空間的套房，建坪約八張榻榻米。紅色沙發床沒有收起，毛巾毯有一半拖在地上。放眼望去占據整面牆的鐵架上凌亂排列著上千片的ＤＶＤ、放影機、三十二寸寬螢幕電視，以及用來尋找外拍景點用的數位攝影機。

猴子在看過環境後表示：

「看來你自稱影像製作不是騙人的。道上的人老愛吹牛，無法信任。」

猴子走到面向鋁窗的書桌。桌上放著筆記型電腦和電話答錄機。顯示有留言的紅色ＬＥＤ燈忽明忽滅。猴子毫不猶豫地想要按下播放鍵。

「慢著！」

猴子徹底忽視小峰的制止，按下播放後轉身說：

「在這個月裡，我們之間沒有祕密。你要有心理準備。」

答錄機傳出中性的合成音。

「您有二通留言。」

迷你錄音帶倒回後，開始播放。

「喲，是我。今晚又去賭場玩嗎？我應該可以從上次提到的『拉斯維加斯』闊少那順利挖到錢，只是還有一個阻礙。地方有個包攬小鋼珠連鎖業廣告的廣告公司社長一直苦苦相逼，要我交出顧問費、廣告費什麼的。不過只是做個傳單，就想收我一千五百萬的紅包。偏偏那個舌粲蓮花的男人深受闊少信賴。近期找個時間過來吧，我們得想個辦法把那傢伙踢出這筆生意。就這樣，我會再打來。」

猴子直視小峰的眼睛。

「這男人是誰？」

「先坐下來吧。」

小峰語畢便在沙發床上落坐。猴子則坐在書桌前、用鋼管和咖啡牛奶色鞣皮製作的義大利椅子。該從何說起呢，小峰琢磨著用詞開始說明：

「剛才那男的是駒井光彥，大學影像研究社認識的朋友。畢業後進入製作公司，當製作人。現在獨立募集資金中。」

猴子露出不解的表情。

「那麼，他剛才在說什麼？」

「工作的事情。就算是我也不可能只泡在賭場。猴子先生，你知道日本一年製作的影片數量嗎？」

　猴子默默搖頭。

「戲院公開放映的影片有一百幾十支，再加上影帶，連我也不曉得有多少。而這當中，只有部分影片是電影公司和電視公司出資贊助的。」

「原來如此。」

「駒井找上有錢人，說服他們出資製作電影或影集。這麼做不但可以節稅，有時也會爆冷門賺進大筆鈔票。我們這邊有電影製作和發行公司的門路，所以能輕易實現拍攝和上映。我就是這樣靠一年製作幾支影片餬口。」

　小峰以為這些解釋能讓猴子滿意，未料到他竟繼續追問。

「『拉斯維加斯』的闊少是誰？」

　小峰煩躁地說：

「在仙台經營十五、六間小鋼珠連鎖店的第二代。東京富家子弟就讀的私大廣告研究社出身的肥羊。不熟悉演藝圈和藝術，還一相情願地認為自己倒楣地困在鄉下。」

　猴子咧嘴而笑。

「你們可以從那位少爺身上挖到多少錢？」

「六千萬。對電影的預算來說偏低，但對影集來說是大製作。」

猴子轉了圈椅子，噘嘴假裝吹哨。

「剛好是你欠的五千萬，和報酬一千萬加起來的金額呢。」

聽他這麼一說，確實如此。捲款潛逃吧——小峰腦中瞬間閃過這個想法，但他急忙道：

「不行！那麼做會失去信用，永遠無法在影視圈混了。我已經年過三十，不可能找得到其他工作。更何況我現在押寶一本原著。內容描述池袋街頭少年，是有些奇特逗趣的故事。雖然是新手作家賣得不怎麼樣的作品啦。」

猴子的笑容加大，露出牙齒的模樣確實挺像小峰在上野動物園見過的日本猴。

「我還是無法相信你犯下了搶案，你這人出乎意料的耿直呢。」

猴子的手再度伸向電話答錄機，押下閃爍的按鈕。這次出現的是女性的聲音。

「啊，喂？因為你的手機好像沒電了，所以我打家裡的電話。先前聽你說今天有重要的工作，進行得順利嗎？我難得在星期日休假，晚點要不要碰個面？等你回電喔。」

小峰的視線從猴子身上移開。

「這是我女友打來的。要做什麼，猴子先生應該明瞭，可以了吧。」

猴子板起臉搖頭。

「不行。她叫什麼？」

「拜託你饒了我吧！」

「單身男人一定會躲到女人那裡。我不會動她，所以你就乖乖報上她的姓名、職業和地址。如果你不想告訴我，我很樂意將此事轉告社長。社長說不定會要那女人當保人。」

猴子目露凶光，暴露出在黑社會生存的男人本色。把女友捲進自個兒的麻煩雖然叫小峰想吐，但他別無選擇，告訴這隻猴子總比告訴冰高好吧。小峰把心一橫，提出了警告。

「我知道了，但請你千萬別對她下手，否則就算是你，我也不會善罷干休。」

「嚇唬人啊！要恨就恨犯錯的自己吧。她的名字？」

「秋野香月。我栽培的女演員，晚上在銀座兼職當女公關。」

「店名？」

「求你放過我吧。」

猴子一語不發地看著小峰施壓。在眼神的角力戰上，小峰怎麼可能是黑道的對手。片刻之後，小峰不情願地開口。

「『奧費斯』，位於銀座七丁目。住址自己去查。」

猴子的表情瞬間改變，脫下營業用的駭人面具，回到原本溫和的表情。黑道簡直和演員沒兩樣，變臉的速度之快令身為導演的小峰也不禁咋舌。猴子心情大悅地說：

「今晚到此為止，我先回去了，不過明天你打算怎麼做呢？」

清晨五點開始東奔西走、好不容易回到家裡的小峰，緊繃的神經隨時會斷線。忽然間，睡魔幾近粗暴的發動攻勢，像是在他腦後敲打睡眠之槌。

「不知道，我沒找過人。」

猴子訝異地說：

「你不是在社長面前誇下海口？要是你啥也不做，我也只能如實稟報上去，所以你好歹做做樣子，追查犯人吧。」

猴子語畢隨即走向玄關。今天扮演搶匪，明天開始扮演偵探嗎？自嘲的笑容在小峰臉上浮現後立即消失。他和衣倒在沙發床上，意識像遭人連根拔起似的沉沉睡去。

□

小峰睡得很沉。刺激耳膜的電話鈴聲讓他從深海浮起。突然驚醒，加上昨日重重災難下累積的疲勞，導致小峰起身到一半就想吐。他接起丟在桌上的手機，吞下鹹澀的唾液。

「喂，你好……」

「喲，還在睡嗎？都快十點半了。你今天要做什麼？」

猴子的聲音。在冰高組事務所發生的事情，是活生生的現實。自己必須背負龐大的債務，尋找槍手鈴木。小峰想了一下說：

「總之先找『七生』的店長問話。猴子先生也要去吧。」

「嗯，我下午過去接你。勸你別動逃跑的歪腦筋。」

「我知道。我們之間沒有祕密是吧。我等會兒要洗澡，你要過來看嗎？」

猴子哼笑了一聲。

「你這人挺有意思的。我認識的人當中，有個像你一樣的小鬼叫阿誠。」

猴子的背景響起鍵盤和電話聲，他似乎是從冰高創意的事務所打來的。

「你說的那個人，過得順遂嗎？」

「嗯，馬馬虎虎啦。他看起來不像是幸福的人。那麼晚點見。」

小峰感到神奇。他沒見過百分百幸福的人，但百分百不幸的人倒是數得出幾個。不曉得是池袋的問題，還是自己人生走入死胡同的緣故。

他離開躺亂的沙發床。黑色長袖襯衫和藍灰色褲子都變得皺巴巴的。靠在房間角落的全身鏡映出疲憊且已不再年輕的男人身影。小峰拔起汗淋淋黏地的雙腳，朝浴室移動。

沖了二十分鐘的溫水澡，小峰終於在搓泡泡洗頭時醒來，開始認真思考接下來該怎麼辦。和沒有點子時的企畫會議一樣，不管怎麼樣都要先裝腔作勢，再趁機想法子，所以事到臨頭自己才會犯了平常的壞習慣，對冰高誇海口說要找出槍手吧。

小峰拿著毛巾一面擦去水珠，一面走出浴室，然後打開整個鋁窗。炎夏的日光從池袋街道上頭灌下，落在地面的影子深得像是刻上去的。天空宛如隨便抹上便宜油漆的布景夾板。晴朗的星期一早晨，像一片木板般沒有遠近感的藍天無限延伸。

自己是什麼時候開始對夏季的天空和早晨清澄的陽光失去感覺的呢？青春總是自顧自地開始，又在不知不覺中結束。小峰倒在沙發床上按下速撥鍵，不願再想死去的村瀨和搶案。

電話響了五聲，在即將轉進語音信箱前，傳來女性的聲音。

「喂，我是秋野。」

「啊，抱歉。妳還在睡嗎？我是小峰。」

「你有聽見我昨天留的訊息吧，我一直在等你的電話。」

夜夜飲酒讓女人的聲音變得沙啞。第一次在試鏡會上見到秋野香月時，她像是一隻結巴的小鳥。昔日偶像的預備軍，如今得一人分飾女公關和女演員兩個角色才能勉強過日。

「我昨天沒空回電給妳。我這裡出了點紕漏，欠下了閻王帳。」

「多少錢？」

他沒勇氣坦承一切。但既然冰高組已得知香月的存在，他便有義務告知她。

「多少錢都無所謂吧。雖然我想事情應該不至於如此，但如果對方找上門的話，妳就推說不認識我。」

一時之間，香月沉默不語。聽筒的另一端氣壓下降，有種風雨欲來之勢。

「那是什麼意思?你又在賭場輸錢了是吧?竟然還要我裝作不認識你，你究竟把我當成什麼人了?」

要真是在賭場輸錢，不知該有多好。小峰像是哄小孩般說:

「錢我會想辦法還。今晚我會補償妳……要見面嗎?」

香月又不說話了。小峰的注意力全集中在耳朵。

「真拿你沒辦法。你想在哪裡碰面?」

有點撒嬌的聲音。看樣子颱風總算改變路徑了。

「等我這邊的事情辦完再打電話給妳，晚上見。」

小峰起身直接套上襯衫，前往公寓對面樓下的便利商店。活著這檔事就是在不愉快的早晨仍會餓肚子。

□

下午一點過後，樓下的街道響起汽車喇叭聲。小峰從陽臺望出去，看見猴子戴著太陽眼鏡，坐在黃色寶獅（Peugeot）敞篷車的駕駛座上招手。

「我馬上下去。」

待小峰坐上副駕駛座，車子隨即飛馳在要町寧靜的住宅區。頂篷開著，頭上是晴空萬里。

「真不像猴子先生會開的車。話說回來，店長住的是哪家醫院？」

「川越街道沿線的池袋醫院。我已經在往那開了，你這個人要不是有我，根本無法扮演偵探。」

猴子看著前方的車輛感嘆。

假搶案失敗後，自己的人生直往不可預測的方向滾去。小峰的腦海浮現在轉盤外圍不停滾動的珠子，左邊還可看見0和00並列的美式輪盤號碼格。毛氈布的顏色偏深綠。這肯定是平山店長工作的賭場「七生」裡的輪盤。鮮明的畫面是擅自在小峰腦裡甦醒的影像記憶。自己遲早也會失去動力而落在某一格吧。問題在等待自己的，不是血般鮮紅就是漆黑如夜的數字。輸個不停的小峰將手肘倚在車門上，放縱自己在八月的熱風中伸長了手臂。

□

池袋醫院雖是急診指定醫院，規模卻不是很大。這棟貼滿磁磚的白色大樓，悄悄聳立在首都高速公路五號線高架橋的後方。猴子將車停在一旁的停車場裡，再和小峰一起走到正門的櫃臺，詢問平山的病房。

年輕護士敲打鍵盤、查看電腦後，告知平山在四樓的外科病房。猴子道謝後直接走向電梯。他的多禮令小峰深感意外，忍不住在電梯裡開口問：

「加入冰高先生的組織要學習禮儀嗎？」

猴子表情詫異地抬起頭，但小峰望著他的左手繼續說：

「猴子先生明明遭制裁少了根小指，為人卻挺拘謹的。」

「在還未成為組織一員時，我當過上班族。冰高先生很注重禮節，我們這組切下小指的人只有我。」

猴子看著蝸步變換的樓層數字說：

「我不是提過經營剝皮店的岩谷組嗎？道上傳聞他們組裡逾期還不出錢的十名小弟，一起斷了小指。岩谷叔還用橡皮筋把手指捆在一起送給高利貸，而且是透過低溫宅配。欸，我問你，你覺得小指值多少錢？」

四樓到了。電梯門一開就聞到醫院特有的消毒藥水味。小峰答不上話。

「當時的債款為二千萬，一根小指值二百萬。」

猴子不懷好意地笑著踏出電梯，從他背影傳來嘲弄的聲音。

「好險你們偷的不是岩谷組的錢，不然別說是小指了，我看會被帶到菲律賓的器官掮客那活活解體吧！」

猴子邊走邊確認病房號碼，小峰急忙追在他身後。

□

賭場的店長——平山榮三住的是長廊右手邊的第二間病房。接近正方形的房間四角各放了一張床，且四張病床中只有一張是空的，床墊中央擺著摺好的毛巾毯。

小峰跟著猴子進了病房。左前方病床上穿著浴衣的中年男子撐起上半身迎接他們。沒錯。他是星期日早上叫自己趕快逃的男人。不同於當時的是他發青的臉色和左肩纏得厚實的繃帶。

坐在病床邊鐵管椅上的紅髮女郎，是名深膚色的嬌小外國人。小峰想起村瀨提過平山犯案的理由。

（那位大叔一大把年紀卻迷上年輕的菲律賓女人……）

女人穿著露出豐滿半球的低領T袖，搭配緊身牛仔褲。仔細一瞧，相對於青春的打扮，她的臉已不再年輕，想必已過了三十歲大關，但仍感覺得出她以前是眾人愛慕的美女。平山低聲說：

「我已經聽上頭說了。齊藤先生，這男的就是死去的村瀨的同伴之一嗎？」

「沒錯，他的名字是小峰涉，奉冰高先生之令追查那個男人，所以把你知道的事情全說出來吧。」

說到那個男人時，猴子伸長右手食指比出槍的形狀。平山倒在墊高的枕頭上，長長歎了一口氣，並在猴子拉起包圍病床的白色隔簾時問：

「小峰先生沒錯吧，你負責什麼工作？」

「我負責壓住你的右腕。你最後催促『快點走』的人就是我。」

「可惡！村瀨那傢伙竟然找了個叛徒，我真是白受傷了。你也背了債務嗎？」

從店長口中聽不見對過世村瀨的悼念。小峰微微點頭說：

「你和村瀨是在哪裡認識的？」

「他常以客人的身分出現在店裡，但我不知道他的名字。對了，他偶爾也會和你一同出現呢。」

「我聽說假搶案是你提出來的。」

「對，是我。我和村瀨湊巧在光町的居酒屋坐隔壁，然後他就像個兄長般聽我喝酒抱怨工作上的事情。從此之後我們偶爾會一起喝幾杯，然後我不知從何時開始問他想不想大撈一票。人一旦有了那樣的壞念頭就很難打住。最後我們總是在討論什麼時候動手。」

「你跟其他人提過這個計畫嗎？」

小峰看向坐在病床另一頭的菲律賓小姐。她像是要躲避猴子和小峰的視線，而轉頭望著床邊的桌子。桌上立著一只金邊相框，裡面裝了明信片。圖片是聖母瑪麗亞和二名在空中拉弓像是在守護她的天使——彷彿遇水就會糊掉的劣質印刷。平山放柔嗓音。

「事關重大，這次的計畫我連安格妮絲都瞞著，所以消息絕不可能是從我這邊走漏，涉有重嫌的反而是你們那邊吧！」

名為安格妮絲的女人放在膝蓋上的手捏緊了帕子，以誠摯的眼神注視著小峰，一開口便是流利的日語。

「請你原諒這個人，錢我會想辦法工作償還。這件事我也有一半的責任，都怪我說我已經受夠日本，想在馬尼拉蓋間房子，和平山先生一起生活，所以不光是這個人的錯。」

平山伸出沒受傷的右手，放在安格妮絲柔軟的大腿上。年近五十的單身漢和相差十五歲的情人。小峰心想，以電影來說，這畫面還不賴。平山再次壓低的嗓音蘊含著怒氣。

「那麼，害慘我和村瀨的王八究竟長什麼模樣？就算我這輩子注定翻不了身，也絕不原諒那傢伙拿了錢逍遙度日。」

那早鈴木槍擊賭場店長的光町景象，和他殺了村瀨奪走所有贓款那晚的上池袋景象——兩邊的場景都像是完成顯像的十六釐米底片般鮮明地刻畫在小峰的腦海。他從場景調出幾個畫面，再聚焦於槍手的外貌。過目不忘的記憶力還是有好處的。小峰擁有無須藉助器材、單憑腦袋剪輯的本事。

「身高一百七十五公分、體重約八十五公斤、年紀差不多四十五歲的肥碩中年男子。頭髮稀疏，所以將留長的頭髮從左邊太陽穴橫向往額頭梳平。就是我先前提過的條碼禿頭男。我兩次見到他，都是打扮成早已退流行的學院風。」

猴子抱著胳膊，站在醫院病床的床角，看著小峰的眼睛說：

「那傢伙二次都沒失手，難道是行家嗎？」

隱約可從浴衣下看見左肩綳帶的平山也從病床撐起上身。小峰謹慎地說：

「攻擊平山先生前，鈴木曾因緊張過度而在路邊吐了。槍殺村瀨時，他則是閉起眼睛瞄準腳開槍。會命中村瀨趴下閃躲的頭部似乎只是巧合。鈴木那傢伙事後還低頭哭著道歉。」

猴子歎了口氣。

「是嗎？如果是這一行的人，還能打聽到一些消息，但如果是普通人就很難追查了。」

平山舉起完好的右手毆打床墊。

「可惡！我竟然要為那種膽小鬼踐踏這一生嗎？小峰先生，那傢伙有沒有其他特徵？長相、聲音、說話方式……隨便什麼都好，有沒有更關鍵的情報？」

小峰將注意力轉移到記憶片段的其他細節上，搜索中年男子鈴木的影像。平山的愛人坐在病床另一頭，雙手交握在胸前，祈禱似的望著小峰。

他想到鈴木的一個動作。對著獎品兌換處拉下的鐵門吐完後，擦拭嘴角走來的鈴木右手背上，有個類似鐵鎚敲打後留下的圓形瘀青。厚唇的右下角可見豌豆大的痣。小峰指出這二個特徵，結果猴子提不起勁地說：

「不管怎麼樣，情況還是沒變。此時那傢伙八成已遠走高飛了。東京或許還很難說，但他絕不可能還留在池袋。」

平山像是用盡力氣般倒回枕頭上。現在只剩安格妮絲口中唸唸有詞地吟誦祈禱文。她的視線前方是聖母瑪麗亞的明信片。小峰點頭說：

「或許吧。但我認為鈴木不可能一手策劃整個背叛行動。首先，他是怎麼調查我、平山先生，以及負責把風的坂田等三人的住所和姓名？村瀨和我提起這件事，是下手前三天。我猜這點鈴木應該也差不多，他不可能一個人查出所有情報。」

猴子鬆開交叉的胳膊。

「的確。我們組裡正好是在那傢伙槍殺村瀨的同時，收到從太陽通便利商店發來的傳真。我不認為鈴木是單獨幹下這一票的。」

平山自暴自棄地叫道：

「那又怎樣？我欠的錢又不會減少，還從『七生』的店長淪為最底層的員工。」

猴子瞇起眼睛瞪著平山，壓迫感果然不是蓋的。

「開什麼玩笑？全怪你沒事想什麼假搶案。你能保住這條命，就該感到慶幸了。」

平山閉上嘴巴，視線落在纏了繃帶的左肩。此時小峰說：

「在這裡繼續爭執下去也不會有結果。風聲八成從鈴木那走漏的。既然村瀨已死，平山先生、坂田和我在冰高組手上，想必不會錯。令人在意的是鈴木那男人的膽量。」

猴子彎起嘴角。

「終於有偵探的模樣了。」

小峰不理會猴子的揶揄。

「村瀨好歹也是在黑街做生意的男人。能讓膽小如鼠的鈴木反叛，一定是遠比村瀨可怕的對手。不僅如此，對方很可能還抓住了鈴木的弱點任意擺布。而且——」

平山抬頭看著小峰，像是找到了救星。

「小峰先生，你是偵探嗎？請你務必要……」

「閉嘴！」

猴子打斷平山，聲音不大卻有一巴掌的威力。安格妮絲嚇得抬頭看他，但視線隨即又回到聖母瑪麗亞的圖像上。小峰繼續說：

「鈴木和我同樣沒時間準備黑吃黑。這事雖然有賺頭，風險卻不小。突然從旁橫奪，我想對方該不會也很缺錢。」

猴子點頭。

「原來如此。可是在這銀行向央行借錢的時代，不缺錢的傢伙反而希罕。」

小峰回道：

「話是這麼說沒錯，但我的話還沒說完。晚點我也想借看先前提到的那張密告傳真，不過對方既然調查得那麼詳盡，應該是不會錯了，畢竟上面甚至寫了我老家住址和家庭成員。能在幾天之內收集我們四人詳細資料的，肯定不是一個人，八成派了四人以上分工合作收集的。而此事牽扯到槍擊搶案，無法委託徵信社或警方。如此一來……」

「請你告訴我，這是哪路人馬幹的？」

平山無法保持沉默。猴子單靠眼神施壓，就遏止了這名躁進的中年男子。

「我明白你想表達的意思了，你想說對方是道上的組織。」

小峰點點頭。

「沒錯。比起能將刮去製造號碼的手槍輕易弄到手的村瀨還可怕、擁有統籌能力的集團。可能是專業強盜團，也可能是暴力團。不管是哪一種，都可確定是道上的組織。如果是組織，想來是不可能放棄好不容易打下的地盤，全員避走他方。猴子先生，能不能麻煩你調查道上為錢困擾的組織呢？」

猴子皺眉撫摸自己的尖下巴。

「嗯──很困難。池袋大大小小加起來有超過一百個幫派，撇開少數幾個，有哪個組織不為錢傷腦筋。泡沫經濟和暴對法⓬後，像我們如此資金雄厚的組織相當罕見。」

「請問，我可以說句話嗎？」

平山看著猴子的臉色，提心吊膽地詢問。

「您看這幾個如何？北条金融和笠松土地開發公司。能不能透過冰高先生的顏面想辦法調查？」

小峰目不轉睛地看著猴子。

「這二家是什麼公司？」

猴子對平山微微一笑。

「年紀果然不是白長的，難怪能讓這樣的大美女死心塌地跟著你。」

猴子瞥了一眼喃喃祈禱的安格妮絲，然後說：

「北条金融是專門借錢給黑道的金融公司。無須繁複的書面審查，只看背景和面子借錢。池袋幾乎所有組織都受過他們的關照。」

「原來黑道的世界也有工商融資。」

猴子苦笑。

「告訴你，北条那比小額借貸有良心多了。再怎麼說，客人全是優良客戶。」

許是反諷吧。小峰針對猴子可以兩面解讀的話語提出疑問。

「什麼意思？」

「銀行和央行都不理會的黑道，很重視地下金融公司。當支會還不出錢時，母會便會代償債務。幫派和正派經營的公司不同，很少有宣布破產藉此倒債的。」

小峰對猴子刮目相看了。這男人雖然年輕又矮，卻相當聰明，怪不得會在池袋當紅的冰高組中受到矚目。這樣的猴子說了：

「只要有資金、看人的眼光和膽量，黑街的金融公司便是穩定的好工作。話說回來，若有這三個條件，某大都市銀行也不會落得向國家借錢的窘境了。」

實在想不到這言論是出自才二十出頭、失去小指的低階組員。小峰看著雙手抱胸諷笑的猴子，暗自做了一個決定，那就是說什麼都要讓這男人成為自己的同伴，雖然不曉得這對往後和冰高交涉時，能發揮多少助益。

「另一家是什麼公司？」

猴子忍不住歎息。

「笠松土地開發是不折不扣的惡質不動產商。小峰先生，你知道經營遊走法律邊緣的商

⓬暴力團對策法：一九九二年三月施行，正式名稱為「防止暴力團成員不當行為之相關法律」，簡稱為「暴對法」。

家挺多的吧？」

小峰點頭——全套店、半套店、制服店、SM俱樂部這類的色情業，和賭場、賭博電玩店等博奕業——撐起池袋地下社會的二大產業在腦中打轉。

「那種店當然不被正派經營的不動產公司視為客戶。這時就輪到惡質經紀公司登場，稱自家公司也經營不動產業務，簽約手續簡單。依我聽到的資訊，笠松那將五十萬租來的物件，以二百萬轉租，足足賺了四倍。簡直叫人笑得合不攏嘴。而且，那種的店交替速度很快，每隔幾個月就換招牌。押金、禮金、保證金，只要躺著，錢就會像洪水一樣流進來。」

這對小峰來說，簡直是另一個世界的故事。他常去賭場，卻從未想過房租和房東的問題。平山此時開口說：

「我曾聽說關於那家公司的有趣傳聞。笠松社長雖然是年過七十的老人家，卻相當好色。他在目白有好幾棟億萬豪宅，包養了五個情婦，在太陽通的女公關和愛玩的女高中生間頗有名氣。據說只要在他半年舉辦一次的情婦選拔上露臉，就能收到五萬圓的車馬費。」

小峰吃驚地看了猴子一眼，他正瞇眼望著病房的白色窗簾。小峰於是說：

「這麼好賺的生意，猴子先生的老闆應該不會放過吧。」

猴子扯嘴笑了。

「對，目前冰高創意正在瘋證照。有證照就會加薪，和普通公司沒兩樣。不動產經紀和不動產鑑價等證照是其中最看俏的。冰高老大的眼睛雪亮得很。」

小峰笑說：

「所以猴子先生也在研讀不動產經紀的書囉。看來無論是哪個世界，附屬在組織底下總是辛苦。」

猴子回以爽朗的笑容，但眼中蘊藏著強烈的光芒。

「是啊。可是任何組織都一樣，自身有能力比所處環境更能讓人高枕無憂。組織就像吊單槓，掛在那裡當然苦不堪言，不過一旦費力跨上單槓，接下來就只需坐著，反正屁股肉又不會累。」

小峰抬頭看著猴子，想起二十歲的自己。當時的他深信自己擁有影視創作才能。這位冰高組年輕成員的自信叫小峰覺得輝煌奪目。在感到危險的同時又自然生出好感。猴子說：

「好吧，我來想辦法調查剛才說的那兩間公司。就一開始而言，這樣的起步還算不壞。小峰先生，接下來呢？夏天可是很短暫的喔！」

「雖然很可能問不出什麼，但我也想找光頭小弟問話。那個叫做坂田的年輕人現在怎麼樣？他之前似乎被修理得滿慘的。」

猴子聽了小峰的話咧嘴一笑。

「那傢伙昨晚就被抓去操了。」

「在哪裡？」

猴子哼了一聲。

「當然是『七生』啊。不是叫他洗整晚的盤子，就是要他做服務生。」

平山原本就不好看的臉色變得更沉了。在床上半撐著身子的他呢喃道：

「我下星期出院後，也會遭到同樣的對待。下半輩子都要在賭場打雜嗎？真要命。」

如果沒在這個月內找出槍手鈴木，拿回被搶走的一億四千萬，小峰也會是同樣的命運。過去以客人的身分多次駐足的那間店，即將成為自己人生的終點站。絕望的念頭充斥在小峰的心中。

一直靜靜看著聖母瑪麗亞像的安格妮絲開口了。

「請問，如果找到那位鈴木先生，能不能稍微幫上我男人的忙？」

猴子的表情冷峻。

「冰高先生不可能輕易放過監守自盜的人。不過，那筆錢要是能追回來，冰高先生至少會願意聽聽你們這邊的說詞。平山的工作年限也有可能大幅縮減。」

安格妮絲略黑的臉出現如花綻放的笑容。

「感激不盡！我也會努力的！」

猴子不解地問：

「妳在說什麼？」

「我也要找鈴木先生。找到後再向猴子先生報告。」

小峰忍不住詢問：

「可是妳要怎麼找……」

「我不知道，但聖母瑪麗亞絕對會幫我的。」

安格妮絲雙手交握在豐滿的胸前，開始小聲地用塔加拉語祈禱。

「謝謝妳，安格妮絲。」

眼見平山紅著眼睛像是隨時會落淚的同時，右手不斷輕撫安格妮絲裹著刷白牛仔褲的大腿。猴子傻眼地看著小峰，小峰則以笑容回應他。接著猴子說：

「走吧，真是蠢得叫人看不下去。」

小峰靜靜點頭，從鐵椅上起身，隨著猴子離開外科病房。在醫院走廊跳躍的八月陽光著實炫目。

平山是個幸福的人。這世上沒錢就離開的女人多得不勝枚舉，但那名菲律賓女子卻願意和他患難與共。此時，小峰想起香月的臉，心情瞬間盪到谷底。

幸福有很多種形式，也有一個人墮落反而比較輕鬆的。

□

相約傍晚在「七生」碰面後，小峰便和猴子分開。他拒絕了猴子要開車送他回要町的提議，想要一個人好好思考。槍手鈴木的事不用說，他還想仔細琢磨自己的工作和殘留的時間。

年過三十、單身、不屬於任何組織、靠影視製作餬口、工作不穩定，還沒有代表作，只有依照客人要求製作B級作品，自己的企畫從不曾過關。自由和相對年輕、勉強無須為三餐煩惱。旁人大概只覺得他玩得很高檔，他的空虛感到底從何而來呢？

陽光直射在隨人潮漂流於太陽六〇通的小峰頭上。JR池袋車站的對面是現下正盛開的年輕女性，其裸露的程度似乎是年年刷新紀錄。小峰注視自己映在排列了泳裝人體模型的櫥窗倒影。

一個略顯蒼白的男人，帶著可怕的表情往自己靠近。自己該不該頂替村瀨的身分呢？小峰對著白影無聲地點頭。

□

「七生」位在六〇通往綠色大道方向的分流巷道中。附近有便利商店和飯店，對面是東京商銀的大型看板。建築外牆貼著黃沙色的磁磚，一樓是現正盛行的錄影帶販賣店。通往地下室的階梯在當紅熟女的海報旁張著大口。

盛夏夜裡的池袋熱得像要沸騰。街角到處站著日本的皮條客和外國的藥頭。藥頭不時甩著手中整束的非法電話卡製造噪音。小峰穿著白麻西裝在店門口等候。他有好一陣子沒進這家賭場了。反正都要進店裡面，所以他在白天領了些戰鬥經費。

晚間九點整，猴子快步爬上樓梯。

「喲，等很久了嗎？」

小峰一語不發地搖頭。跟著往原路折返的猴子下樓。鍍金的扶手被擦得發亮，每層階梯都鋪上了紅毯。賭場的自動門是用黑玻璃製成，完全看不見店內。玻璃門中間有隻七尾的暹邏貓，七條尾巴如扇子般打開，並舉起單手招客。門框斜上角的監視器俯視猴子和小峰。

「是我，麻煩開個門。」

猴子抬頭望向監視器說完約五秒，玻璃門便順利地滑開來。正門至寄物處之間由二公尺的走廊連結。嵌在天花板的筒燈偏暗的光線落在暗紅色地毯上。左右兩側牆面裱板裝飾了世界各地的賭場照。以前小峰聽村瀨提過，這間店之所以採用防彈玻璃的自動門和狹窄的通道，就是為了在臨檢時爭取顧客逃亡的時間。店內有通往隔壁酒館的暗門，而該酒館也是冰高旗下經營的店。

用髮膠立起金髮的黑西裝男向猴子點頭致意。

「不好意思，我要找昨天開始在這裡工作、名叫坂田的小鬼。他人在哪裡？」

「他在裡面洗碗，齊藤先生。今天由本店招待籌碼，如果不嫌棄的話，等會兒可以試一下手氣。」

黑西裝男眼睛動也不動，只有嘴角笑著，這是賭場工作人員特有的笑容。所有表情和感情在賭場都會分成二個層面，除了表裡外，還有裡中之裡。小峰有種回到自個兒家的感覺。

猴子往吧臺和吃角子老虎間的走道前進。今晚不曉得是不是因為時間還早，只來了三分之一的客人。吃角子老虎的機臺對面，並排二桌輪盤。身穿運動服、看似學子的男生，和明顯是道上兄弟的西裝男，不斷移動籌碼直到荷官宣布下好離手。

牆壁是由切割成詩籤大小的鏡子拼接打造，每一面都映射出賭場豪華的裝潢，散發內斂的光輝。櫃臺前寬闊的空間是百家樂區，四張桌子依賭資的高低由內向外排放。從台灣或廣東來撈錢的女公關一如往常倒吊著眼睛，從紙牌一角慢慢掀牌。

這裡是他的歸屬。聚集了「只在金錢和欲望方面有所交集的陌生人」的賭場之夜。小峰迫不及待想要坐上百家樂桌。

猴子拉開櫃臺旁邊的門走進去。紅毯在此斷了蹤跡，換上因油煙而變得滑溜的塑膠地磚。這裡的廚房內牆貼的是不銹鋼。光頭男彎腰窩在角落的水槽。

猴子和小峰留意著腳邊走近他。其他廚師對二人視若無睹。小峰開口問：

「坂田先生，你似乎挨了不少拳頭，身體還好嗎？」

光頭男沒有回頭，背對著他們小聲說：

「嗯，還頂得住。你找我做什麼？」

小峰見他雙手仍不停清洗滿是中性洗劑泡沫的碗盤，於是表明：

「我想問你有關村瀨和那名槍手的事情，能不能麻煩你轉過來？」

「我手一停下來就會挨揍，這裡比事務所還狠。」

猴子回道：

「我明白了。我向你保證，我在這裡的期間不會有人揍你。你就喘口氣，抽根煙吧。但相對的，我要你把知道的事情一五一十地報上來。要是你給的情報堪用，我可以幫你跟店裡的人說句話。」

小峰看著猴子。猴子一臉平靜。為一個身陷陌生人暴力威脅的男人製造退路，以套出自己想要的情報。真是高招。

坂田甩去手上的泡沫，轉身靠在水槽邊面對二人後，從口袋拿出香菸點火，深吸了一口，再對著抽風扇吐出細細的煙霧。

「儘管問吧，我死也不會原諒那個害我遭到這種對待的大叔。」

猴子朝小峰示意，要小峰開始提問。

「你第一次見到鈴木是什麼時候？」

「就是第一次見到你的時候——行搶當天早上在村瀨的事務所。之前我從未見過那傢伙。」

「你曾經從村瀨那裡聽說那傢伙的任何事嗎？」

「沒有……」

汗水滑落他的光頭。廚房和空調強勁的賭場不同，悶熱得有如三溫暖。小峰連續問了幾個問題，得到的情報卻寥寥無幾。坂田是單純的男人，村瀨不可能和他談什麼重要的事，就算要說，也該是對素來交好的自己吧。然而，就連身為朋友的他，也是到了那天早上才獲知有槍手同行。

空洞的調查只花十五分鐘左右結束。在同齡的光頭男面前，猴子冷著一張臉對小峰說：

「走吧，這傢伙似乎生來就是洗盤子的命。你就在這裡給我磨亮你那生鏽的腦袋吧！」

返回賭場大廳的途中，猴子問：

「你今晚接下來有什麼打算？」

小峰小聲回答：

「既然人都來了，我想順便玩一下百家樂。」

猴子回頭，以冷若冰霜的眼神瞪著小峰。

「開什麼玩笑！你自己想見識地獄的景象是無所謂，但和我搭檔的期間，不准賭博。這是命令！無法遵守的話，你明天開始也在這裡洗碗。」

猴子不等小峰回話，便快步橫越大廳走到櫃臺，並推卻方才接待員準備的金色籌碼。

他直接走出賭場，站在通往一樓的階梯上，低頭看著小峰說：

「你最好先想清楚明天的行程，我明天同樣下午過去接你。」

留下這句話後，猴子矮小的背影消失在池袋的夏夜裡。小峰無言地看著殘留白日暑氣的街道和發亮的暹羅貓看板。暹羅貓魅惑的表情令他想起畫上夜間工作妝容的秋野香月。

小峰雖然想玩百家樂度過接下來的時光，但他已答應聯絡香月在先，只能作罷。他拿出西裝暗袋裡的手機，按下速撥鍵。

「喂，我是秋野。」

「是我。妳現在在哪兒？我辦完事情了。」

香月的背景音可以聽見夜晚街道的熙攘。她精神奕奕地回答：

「我今天提早下班，剛到池袋。」

小峰直想抱頭狂嘯，女人的動向和撲克牌的排列組合總叫他猜不透。

「……這樣啊！」

小峰苦思要怎麼向香月提起因假搶案失敗而背起龐大債務的始末。飯店安靜的酒吧絕不列入考慮，要聊悲慘的話題當然要挑歡樂的場所。

「我現在在東池袋。妳吃過晚餐了嗎？」

香月喜孜孜地回應：

「還沒。」

「那就去二丁目的泰國餐廳吧。我會慢慢晃過去，妳就先點些我們常吃的前菜吧。」

邊聽泰國鬧哄哄的打擊樂，邊喝勝獅啤酒，應該沒有地方比那裡更適合小峰訴說自身急轉直下的命運。

「知道了，你要快點來哦。」

小峰在「七生」的樓梯前切斷通話。皮條客拿著名片大小的小姐照片，以酒醉的上班族為目標攬客。國籍不明的外國藥頭，大方叫住所有看起來不像便服警察的行人：興奮劑、搖頭丸，應有盡有喔！夏夜裡的池袋街道比日正當中時更熱鬧。

立體停車場的暗處有人叫住了將手機放回口袋、正準備前往車站的小峰。

「喲，小峰先生，這時間和女人相約碰面，真叫人好生羨慕。」

如泥濘般黏膩、沒品的聲音。小峰回頭看到五十歲上下的胖男人出現在燈火輝煌的街上。

「原來是你啊。」

賭場蟑螂——末永拓司在池袋賭場無人不知、無人不曉。無論盛夏和寒冬，他總是只穿那一件在經濟泡沫化前縫製的黑白格紋西裝。在此說明一下，賭場蟑螂是在賭客身旁給予「這裡會再開一次莊家」、「這次一定會中，加碼押大注吧」等建議藉機吃紅、猶如寄生蟲的工作。有些店會禁止他們出入，但賭場蟑螂基本上無害，所以大多數店家會睜一眼閉一眼。

「你今天應該安分點比較好。」

蟑螂舉起右手搔了搔他那泛著油光的頭髮。他的制服袖口都磨破了。只有戴在中指上的粗獷金戒徒留以往知名輪盤賭棍的名義。

「你這是什麼意思？」

小峰冷汗直流，擔心假搶案是不是已走漏風聲。蟑螂慌忙搖手。

「別生氣，我沒有惡意。昨天這家店的店長不是遇襲了嗎？然後接著晚上村瀨那惡棍也跟著遇害。小峰先生和村瀨既是朋友，又是這家店的常客，加上冰高的小弟不知為何全動了起來，所以不只是我，許多人都在瞎猜。」

實在太大意了。遭到冰高組拘禁後，他沒機會注意其他人的動向。蟑螂又說：

「今晚『七生』裡不是只有小貓兩、三隻嗎？全是因為入夜後一直有便衣在巡邏。」

在池袋暗巷中，小峰渾身僵硬，不敢查看附近有無便衣。蟑螂心情愉快地哼道：

「喏，我不會害你的，如果有好康能不能也跟我說一聲。根據街頭巷尾的傳聞，『七生』

被搶走的金額超過二億，所以連岩谷組和京極會也跟著動起來了。小峰先生，你是不是知道什麼內情？」

蟑螂抬起浮腫的雙眼皮偷看小峰。真不愧是對銅臭敏感的寄生蟲。不過，這男人恐怕萬萬也想不到他是強盜團的一員。他迅速重整態勢。他也聽過與蟑螂拓相關的傳聞。

「這樣啊，很抱歉，我沒有什麼情報可以給你。我只是遭到冰高先生組裡催討債務罷了。話說回來……」

小峰表情故作凝重地停了下來。常嘗敗績的蟑螂眼裡因忐忑而變得黯淡無光。

「那家店叫什麼名字呢？啊，對了，我記得是『九龍』，去年年底遇上池袋署臨檢後收起來的賭場。我也聽過奇怪的傳聞，說是臨檢前一個月，遭到店家禁止進出的賭場蟑螂好心報警檢舉的。那裡不是聖玉社經營的賭場嗎？他們在京極會中也是出了名的好勇鬥狠。那個賭場蟑螂還真有種呢！」

蟑螂的額頭瞬間爆汗。他垂下眼睛，視線在夜晚的街道四處游移。小峰乘勝追擊。

「真可怕，那個世界根本不需要證據，灰即是黑，有嫌疑的人即是罪犯。雖然我沒興趣出賣朋友，但也可能視情況而改變想法。」

原本居高臨下瞪視蟑螂拓的小峰忽然換上笑容。

「我們都要小心道上兄弟。我不會告訴聖玉社，所以能不能也麻煩你別散播謠言呢？看在我們同是被賭場剝了好幾層皮的肥羊的份上。」

蟑螂猛點頭予以保證。小峰淡淡頷首回應後，快步走入擠滿夏夜街道的人潮中。自己這個本屬單純的影視青年是什麼時候學會了道上的招數呢？

想到剛才的交談，小峰的心蒙上一層陰影。灰即是黑。

□

相約的泰國餐廳開在池袋二丁目的賓館街上。小峰無視靠著鐵道護輪軌吱吱喳喳說話的俄羅斯娼婦，往黑暗的巷道前進，接著便看到住商綜合公寓的牆面上小型泰文招牌所發出的微弱光芒。

小峰掀開掛簾、鑽過簾上群猴亂舞的熱帶雨林，走入店裡。泰絲滑過手背的觸感，如飛揚的泡泡擦過肌膚。在頂多容納二十人的餐廳裡，秋野香月挺直了背脊坐在裡邊的雅座。小峰不知道是誰幫她取了那麼蠢的藝名。七年前，她出現在好不容易從助理導演升格為導演的小峰面前時，就是用這個藝名。

那是挑選女大生演出芳香劑廣告的試鏡。當時他對香月沒有留下任何印象，畢竟一天面試三十個模特兒和藝人新手，怎麼可能記得住。二十二歲的香月已是要稱為偶像稍嫌勉強的年齡。最後，那份工作由另一位少女獲得。可是當二人在別的工作場合再度相逢時，小峰耐心傾聽她的煩惱，她便開始在小峰拍攝的影片中演出各種小角色。二人沒有結婚，也沒有婚約，但交往七年儼然與夫婦沒什麼兩樣。

小峰慢慢走進餐廳裡面。香月一見到他，隨即露出明豔動人的笑容。

「等很久了嗎？」

小峰打從今晚的第一句話就開始想臨陣脫逃。

「不會，沒等多久。」

漆成紅色的餐桌上擺了草蝦、生菜粉絲和炒空心菜。香月舉手招來泰國籍服務生，要了兩瓶勝獅啤酒，然後俐落地替坐在塑膠椅前端的小峰佈菜。

「涉哥要說的話似乎會讓人食不下嚥，所以先吃再說吧。」

香月素顏，長髮也向後挽起。她明明在銀座公關店兼差，卻不喜歡化妝和迷你裙，工作結束後總是立即換上絕不能出現在店裡的便裝。今晚的她穿了有彈性的貼身白T袖和橘色牛仔褲。微微隆起的胸口叫小峰不敢直視。

「我好久沒吃到如此像樣的食物呢。」

小峰用漆筷夾起空心菜，卻沒胃口。香月默默進食，實在是不祥之兆。小峰耐不住沉默，乾掉半瓶酸味的勝獅啤酒後，開始細說這幾天的冒險故事——

星期日清晨短短六分鐘的假搶案、當晚的內訌，到不知名人士向冰高組告發他們，以及八月底前若不找出槍手，他的命等同賣給組織等等。香月的鳳眼逐漸目露凶光，斜飛入鬢的眉毛在提到村瀨遇害時吊得老高，最後低吼說：

「朋友遇害，你不氣嗎？欠下的五千萬當然要找那個男人償還！」

香月說的沒錯，可是小峰不知道該怎麼做。一旦讓對方逃之夭夭，根本無從找起。接著香月豪爽道：

「所以，我成了涉哥的保人吧！」

「不，還不至於……」

小峰咕噥。冰高組雖然知悉香月的身分，但他捺印的借據上並沒有保人的欄位。

「我想法律上妳應該無法成為我的保人。」

香月的前額浮出青筋，說話的聲音裡蘊含著怒氣。

「你在胡說些什麼？不立我為保人，要立誰？要不然，我們現在到冰高先生面前好了，一起努力總有辦法解決債務。」

小峰原想說別鬧了，但看到香月的眼神，他決定住口。這裡也有一個安格妮絲，香月和店長愛人的菲律賓女子一樣，哪怕心上人的左肩遭子彈貫穿、背負龐大的債務或窮途潦倒，都相信自己的男人，拿自己人生的牌局豪氣地一決勝負。女人們輕易辦到小峰在短短三十三年生涯中無法辦到的事情。輪盤上的紅與黑，簡直是笑話。在不怕輸的女性面前，輪盤的顏色形同無物。

□

這一夜的餐桌始終冷冷清清。香月本來就吃不多，而小峰連收拾前菜的食慾都沒有。他們早早離開了泰國餐廳，卻不忘外帶油炸椰子蟹和鳳梨炒飯，以防半夜肚子餓了沒東西吃。

二人來到ＪＲ池袋車站東口的賓館街。八月的中旬，柏油路上仍留著白日的餘熱，迎面而來的風和吹風機的熱風無異。夜裡路上發光的賓館招牌有一半亮著客滿的紅燈。管他誰生誰死，人類的繁衍活動還是不變。

「我們好久沒約會了。」

香月在嬌聲細語的同時，將手勾了上來。因剛在冷氣房而變得冰涼的肌膚，貼著小峰手臂感覺格外舒適。一對高中情侶當著兩人的面，牽手消失在霧面玻璃自動門內。

「真是青春啊！話說回來，我們有一陣子沒上賓館了。」

香月的臉頰擦過小峰的肩膀。

「怎麼樣？要不要進去一下？」

小峰更想落跑了。男女發情的時機向來不一致，正值生死關頭的自己都夾著尾巴了，香月卻若無其事地求愛。小峰清了清嗓子。

「不了，我今晚得打電話談公事，還是回家吧。」

小峰心底打定主意先拖延時間。儘管身旁是香月十分上鏡的五官和愈接近三十歲愈柔軟的肢體，他還是「性」致缺缺。

「呿，沒情趣。涉哥就是太一本正經了。虧人家想替你做特別的服務。」

香月嬌嗔後，搖晃手裡裝著食物的白色塑膠袋，先行走上陰暗的街道。不管人生的骰子轉到哪一面，只要和她在一起似乎就沒那麼糟。小峰以微醺的腦袋思忖。剩下不多的時間，如果不製造機會暫時忘記槍手的事情，沒什麼抗壓力的他怕是會瘋了吧。

「香月，等等我！」

小峰急忙追上浮現在夜路中的白色T衃。

□

二人回到要町公寓時，已過了晚間十點半。聲稱自己流了汗的香月迅速消失在浴室中。

小峰面對書桌按下仙台市的區碼。這時間即便是駒井光彥這個業務繁忙的自由製作人，也該回到家了吧。

「喂，您好……」

駒井從學生時代以來不曾改變的自信語調，從電話那頭傳了過來。二人雖然隔了三百公里以上的距離，聲音卻像在鄰鎮一樣清晰。

「我是小峰。『拉斯維加斯』的事情進行得如何？」

「還不賴。沒有比小鋼珠連鎖店小開更適合挖製作資金的人了。這次的交涉如果順利，我想以小鋼珠店的老闆為目標，寫下一份企畫書。聽說不少人都為了節稅而大傷腦筋。」

聽來預計秋天開拍的新作資金，籌措得挺順利的。駒井開心地說：

「只希望我們的影片不僅能回收資金，還能多少賺一點錢，這樣大少爺才會介紹其他有錢人給我們。」

那位小開的名字是大島直人，年紀三十出頭，比小峰年輕些。入夏前，小峰曾為了說明企畫而前往仙台和他會面。那個討人厭的小開總是開著賓士S系列的最新車款，而且當小峰介紹演出的香月時，小開竟一臉色相，只差沒流口水。真是個只聽到女演員三個字就發春的男人。

「知道了。我聽過你的電話留言，問題後續進展得如何？」

「你應該記得那個長得像狐狸、嘴上總掛著法國新浪潮⓭和大衛・格里菲斯⓮，還跩個二五八萬的中年大叔吧？」

影視圈常有那種人。安穩坐在藝術界的高位上，挑剔別人的作品。當然，這種人不會積極提議具體的解決之道或替代方案。他們不但動口比動手厲害，更是裝傻天才。小峰腦內鮮明的攝錄記憶開始甦醒——數年前那男人穿著三宅一生的黑西裝、灰色襯衫、沒有繫領帶，參了白絲的頭髮向後束起，身材削瘦。如果沒記錯的話，他的名字應該是橘智明。駒井悻悻然地說：

「他是小型廣告公司的社長，公司專門製作仙台當地打著T2Promotion招牌的餐廳和酒吧冊子。嘴邊老愛掛著影像藝術就該怎樣的他，竟然若無其事地獅子大開口索討一千五百萬的廣告企畫費。你可以想像嗎？那傢伙一直要我預約東京都市飯店，還要求最好是銀座的西洋飯店或目白的四季酒店，說是為了攝影期間在場指導。」

「他有攝影或導演的經驗嗎？」

「怎麼可能有！我打聽過，那傢伙只不過是學生時期拿著八釐米追笨女生的等級。」

⓭法國新浪潮：影評人如此稱呼一九五〇年末至一九六〇年代的一些法國導演。這些導演的特色在於不只主導電影，更成為電影的作者和創作人，代表人物有：尚盧・高達、法藍索瓦・楚浮……等。

⓮大衛・格里菲斯：美國導演，代表作有一九一五年備受爭議的《國家的誕生》（The Birth of a Nation）以及一九一六年的《忍無可忍》（Intolerance）。

「是嗎？」

「要是從一開始就表明只要錢倒還可愛些，但他老愛訓話說藝術應該如何又如何。你這個月中能來仙台一趟嗎？」

小峰從書桌移至沙發床上，仰望天花板說：

「唔——有困難。其實我現在碰上非常棘手的問題，無法從東京抽身。」

他憶起簽下借據時，冰高淡漠的神情。如果他提出要為工作前往仙台一趟，不曉得那位斯文的社長會怎麼反應。

「傷腦筋，片子下個月底就要開拍了，所以我希望事情可以在這個月中搞定。」

當然不能讓什麼事也沒做的人拿走近總製作預算六千萬圓的百分之二十五——一千五百萬圓！那會直接影響小峰和駒井能分得的酬勞。

「不然，你以參觀拍攝外景現場的藉口，把他帶到東京來？如果是參觀影視發行公司或攝影棚的話，我隨時可以安排。而且把戰線拉到池袋地頭，應該會有辦法設局給那傢伙跳。」

「原來如此……這招或許不錯。你什麼時候方便？」

「下星期初如何？」

「知道了，我和那傢伙的公司聯絡看看。你絕對要寫出完美無缺的劇本，設下讓他無法翻身的局，我等不及想看那惹人厭的傢伙哭喪著一張臉了。」

香月裹著浴巾踏出浴室。因啤酒的餘威和熱水而泛紅的肌膚，由內而外散發著光澤。小峰蓋住話筒說：

「我在談工作，妳等我一下。」

香月露齒做出凶悍的笑容。

「我在浴室裡面都聽到了，這棟公寓的牆壁很薄。對方是駒井先生吧，電話拿來，我跟他打聲招呼。」

小峰棄守，交出電話。雖說是舊識，但女人為何連男人的工作夥伴都想出面接待呢？他實在不知道那究竟是演員這職業的緣故，還是香月本身的緣故。就此看來，女人或許全是演員，而男人則成了為數眾多的臨時演員或只在舞台後方打光的燈光師。

小峰聽著香月銀鈴般的笑聲，駝背走進浴室。

□

沖去在盛夏的池袋中奔走了一整天如黏膜貼在身上的汗水後，小峰打開浴室的門。房間陷入濃得化不開的黑暗。

「香月，怎麼不開燈呢？」

小峰的套房亦兼作液晶投影機的放映室。他在窗簾背面貼了銀色PU膜的遮光膠帶，並用魔鬼氈將其固定在窗戶兩旁。連電燈開關和電話的LED燈都準備了不透明的OK繃，製造出完全的黑暗。當他想播放DVD享受電影時，這片電影院也求之不可得的黑暗便是他的最佳夥伴。

「你別管，過來就是了。我在床上。」

小峰伸手遲緩地從不怎麼長的走廊，往房間中央的沙發床移動。想來是香月趁小峰淋浴的期間，將方才還是座椅的沙發弄成床鋪的。床附近發出聲音。

「就是那個位置！你坐下來，然後躺著。」

香月的嗓音因興奮而略顯沙啞。小峰只穿了黑色短版平口褲，橫躺在棉質的床單上。在一團漆黑中，他的觸覺變得格外敏銳。剛洗過沒多久的床單帶給背部涼爽的觸感。他的腳邊傳來香月令人酥麻的溫柔低語。

「今晚全交由我來，你就放輕鬆吧！」

香月纖細的手指鑽過他的髖骨和短褲。於是他撐起腰部，讓香月褪下他腿上的褲子。沒想到香月竟抓住他的雙腳腳踝，像掰開膝蓋般用力掰開小峰雙腿。

「平常涉哥對我這麼做時，總是讓我心跳加速。」

小峰忍著不作聲。從肌膚忽遠忽進的熱度可以得知香月在黑暗中的動作。她的舌尖在膝蓋上畫圓留下濡溼感後，緩緩爬上大腿，並細心舔著大腿根部的皺褶。

在睜眼閉眼都沒有差別的黑暗中，小峰抬頭凝視下半身。雖然好像有一道黑影蹲在他張開的雙腿間，但看得不真切。驟然間，香月尖挺的舌頭前後撥弄他還軟趴趴的小老弟前端。

「等一下……香月！」

小峰反射性喊道。黑暗中，女人咯咯地笑了。

「我不是說包在我身上嗎？」

話才說完，香月便將他的分身整個含進嘴裡。小峰彷彿連頭到腳被熱燙、密實的幽暗吞沒。然後，香月開始擺動頭部，使他的分身捎來初期成長的徵候。

□

之後香月在小峰的雙腿間持續動作了十五分鐘。但是，這一夜小峰始終沒有填滿她。當他閉上眼睛想要專心感受肌膚之親時，眼底的黑屏幕就會反覆播放這幾天讓他忘也忘不掉的景象。

在光町嘔吐的槍手鈴木、村瀨左眼盛開的血花、在地下室挨揍的自己、五千萬圓的借據。香月愈努力，那些真實的暴力片段就愈霸著小峰腦袋不放。到最後感覺全混成一塊，分不清自己究竟是插在香月的口中，還是插在村瀨後腦沾著腦漿的彈孔。

小峰的老二隨著陣陣作嘔的感覺而萎縮。香月鬆口，用不怎麼靈活的舌頭發難：

「唉——我的下巴都麻了。我怎麼會喜歡上你這種人呢？唉，人家很想要的說。」

香月放開小峰的分身，結果小小峰像死魚般啪的一聲倒在腹部。小峰凝視著黑暗，覺得自己也像條死魚，要煎、要煮都隨冰高高興，連生平第一次的陽痿都不覺得丟人。

當晚，小峰和香月無言地分睡在沙發床兩端，直到天亮都沒有碰對方一根汗毛。

□

小峰睜開眼睛，昨晚的黑暗徹底改變，房內盈滿夏日的陽光、咖啡香和平底鍋煎著食物的滋滋聲。往床邊一看，香月似乎早就起床了。

「早安，涉哥，你今天要做什麼？」

「下午冰高組有個名叫猴子、負責監視的人會來接我，之後再繼續扮演偵探吧！」

小峰話裡大有一切隨他去的意味，結果在廚房的香月背對著他說：

「那我也一起去吧，反正今天我請假。」

小峰不由得坐起來。這可不是鬧著玩的！

「可以吧？我也應該和今後可能會照顧我們的人打招呼。」

香月那一旦做出決定就怎麼勸也勸不動的性格，小峰已在拍攝現場徹底領教過。猴子差不多要到了，而他似乎很難在那之前送走香月。於是他死心地倒回床上。

不管是仙台貪婪的廣告公司社長也好，銀座女公關兼無名女演員或失去小指的矮子組員也罷，事情變得愈來愈複雜。他到底該怎麼辦？小峰再次用毛巾毯蓋住頭。比起現在，還不如昨晚伸手不見五指的黑暗比較好。

即使在黑暗中慘遭記憶折磨，也不用見識接下來發生的事情。反正他就是陽痿、好賭又不入流的影視導演。

這天早上，小峰碰也沒碰香月做好的早飯。

□

下午一點，樓下傳來車鳴聲。精心化妝打扮的香月套了拖鞋踏上陽臺的水泥地，從欄杆探出身體朝馬路揮手。

小峰鞋也不穿急忙衝出陽臺，使勁拉扯香月的肩膀。

「好痛喔，人家只是和猴子先生打招呼而已。」

猴子從頂篷敞開的敞篷車中驚訝地向上望。

「我馬上下去，請你別在意這傢伙！」

猴子苦笑。香月掙脫小峰抓著她肩膀的手後，抱住欄杆，用手權充傳聲筒大叫，只差沒跳起來。長期進行演員正統發聲練習的聲音響徹白日的要町。

「日安，猴子先生，我是他的保人秋野香月。今天要和你們同行，還請多多關照。」

這次香月換上笑容揮手。小峰只能仰望池袋上方遼闊的夏季晴空。

等小峰坐上副駕駛座，香月坐上後座後，猴子發動寶獅。香月從前座間的空隙探頭對小峰說：

「涉哥，幫我介紹這位酷哥吧。」

「喂，這裡不是銀座的酒店。」

開車的猴子瞥了小峰一眼。小峰只好心不甘情不願地開口：

「這位是冰高創意的齊藤富士男先生，綽號猴子。」

香月壓著被風吹亂的頭髮說：

「平時承蒙您照顧小峰了。今天要到哪裡調查呢？」

猴子掩不住笑意地說：

「這位就是你的公主嗎？你在她面前似乎完全抬不起頭呢！不過，這也沒什麼不好。我昨天已經事先打電話到『北条金融』安排會面。」

車子從要町通往JR池袋車站的方向開去。猴子收起頂篷，似乎不打算開冷氣。迎面而來的風，讓小峰的汗迅速消失在肌膚表面。只要路上不塞，敞篷車倒也挺舒服的。

於池袋大橋越過山手線，沿著鐵道行駛半晌後，猴子開進正對大塚站前圓環的大樓內僅停了四輛車的立體停車場。

「下車，這裡是北条公司名下的大樓。」

小峰在整排都是立食蕎麥麵店的人行道上，仰望狹長而老舊的大樓。三樓的窗戶貼著北条金融的看板。黃與紅，只管顯不顯眼的配色。

猴子在一樓櫃臺報上冰高創意的名號後，櫃臺小姐便送三人至電梯，並按下最頂層五樓的樓層鈕才退出電梯外，躬身直到電梯門關閉。小峰此時開口表示：

「嚇了我一跳。簡直是上市公司的祕書室小姐。」

香月撇嘴嘟噥說：

「我們酒店也會鞠躬送客，直到他們離開視線為止啊！」

「但如果是討厭的客人，你們事後一定會撒鹽吧！」

在猴子冷眼看著小峰和香月二人拌嘴期間，電梯抵達了五樓。他一出電梯，便往走廊尾端的門走去，然後輕輕敲門。

「請進。」

隔著一道門聽來依然渾厚的嗓音。

「打擾了。」

猴子直挺挺地拉開門扉後，低頭悄聲交代小峰：

「你們待會進去，千萬別失禮。」

門內，黑色皮革沙發組和主管辦公桌之間留有充足的空間，並流瀉出演歌歌手都春美柔和的樂聲。小峰回頭時大吃一驚。跟門同一側的牆壁上，裝設了全套價格隨隨便便就超過三千萬日幣的瑞士組合音響。哪怕只有揚聲器也好，真想把東西帶回家。

「來得正好。你就是冰高組的猴子嗎？我聽過你的傳聞。你現在是池袋的名人。」

一名壯漢自大小和手術臺相當的辦公桌後方起身。靛藍色的條紋西裝配上立領襯衫，亮澤的深藍色領帶上繡著一朵精緻的白百合，手指和手腕戴了一堆粗獷的金飾。

北条兇惡的長相無須任何裝扮，就很像惡質暴力團的組長。黑道組長的冰高看起來像是機敏的銀行員，這邊的金融業者反而橫看豎看都像是真正的道上兄弟。猴子似乎比在自己組長面前還緊張，依舊站得直挺挺地大聲回道：

「不敢當，小弟今天來是有幾件事想請教您。」

北条社長的手朝沙發一揮，但三人待北条走近才敢入座。待眾人坐定後，北条竟瞇眼注視著小峰。光是他威嚴的眼神，就教小峰嚇得流不出半滴汗。

「猴子先生，麻煩你介紹一下。」

「是，這位是我們組裡的客人，小峰涉先生。平時從事影視導演工作，但現在為了某些原因追查稍早和您聯絡的那件事。至於，這邊這位女士是……」

猴子瞥了小峰一眼，挑眉說：

「……演員的秋野香月小姐。」

北条面露詫異之色。

「大師，為什麼像你這樣的斯文人也在打探賭場的錢？猴子先生，你要問的事情八成和星期日的搶案有關吧？」

猴子正襟危坐地點頭後，北条繼續說：

「謠言雖加油添醋不少，但按照那家店週末的營收，大概是落在一億到二億之間，猜個一億五千萬應該不為過。」

真不愧是專門貸款給東京黑道組織的金融機構，果然詳知道上兄弟的財力。遭搶的金額為一億四千萬，雖不中亦不遠矣。小峰說道：

「此事牽涉到的人數不止一人，很可能是由某個組織主導。北条先生，您知道現在有哪個組織亟需用錢嗎？」

北条瞇起眼睛，露出氣勢十足的笑容。

「我隨便就能舉出十幾、二十個。因為防暴法和不景氣的緣故，到處都是手頭不濟的組織，若不縮小範圍，是揪不出犯人的。」

香月突然插嘴。

「比方說，在這豐島區內呢？」

「就算如此也少不了十幾、二十個。既然冰高先生的盟兄弟——岩谷組和京極會這些規模較大的幫派手頭都不寬裕了，就更別提那些中小型組織。」

猴子始終維持端正的姿勢，沒加入對話。小峰又問：

「如果一億五千萬突然落入哪個組織手裡，組織方面會怎麼處置這麼大一筆錢？」

北条雙手抱胸靠著沙發。

「真要說的話，方法多的是。如果該組織有負債，應該會把錢還給債主。」

「有可能存放銀行嗎？」

北条首次真心地笑了。

「那倒是不可能。把錢存到銀行，銀行會通報國稅局，平時沒有往來的市銀是不信任道上兄弟的。首先可以肯定的是，犯下搶案的組織會將錢放在手邊。每個組織的事務所中都有大型耐火保險櫃，那些保險櫃就是為了應付這種時刻。」

那麼「七生」被搶走的錢說不定仍一毛未減。小峰趁勢追問：

「若是來路不明又不能大方花用的黑錢，最有可能會如何處置呢？」

「這個嘛，我想十之八九是鎖在保險櫃裡等風頭過去。不過導演，你要怎麼讓一、二百個組織打開後院的金庫？那無疑是癡心妄想。就連國稅局也只能咬著手指，看得到、吃不到。」

猴子使眼色暗示小峰結束話題，但他又多待了十五分鐘，仔細詢問道上的金錢流向。再怎麼說，他的工作並非只是取回冰高的錢財。

這類取材有助於日後的影視製作。

□

當天，猴子還開車繞到搶案發生地點的光町，和村瀨遭槍殺的上池袋——沒有收穫卻意外發現小峰和香月的好膽量。到了傍晚，連起先綁手綁腳的猴子都開始積極地發問。

而猴子開車回到冰高創意所在的東池袋時，是晚間六點過後。三人由大樓後方的停車場走到B-1大樓。為了即將展開的夜晚，東口風化街終於從睡眠中醒來備戰。霓虹的燈火比黃昏的天空明亮，年輕的女公關和娼妓也不遑多讓地努力招攬今晚的第一位客人。

「你們在這裡等我。」

當猴子丟下這句話，想走進霧面玻璃的自動門時，旁邊有人喚住他。

小峰看向自動販賣機的陰暗處，前店長平山的愛人胸前抱著不明物體站在那裡。猴子以奇特的表情咂嘴。

「妳有什麼事？」

菲律賓女子垂下膚色略黑的臉。

「我有東西想請各位過目。」

察覺到現場的氣氛不對，香月打圓場說：

「無所謂，反正我們三個也準備吃晚餐了，只不過是再加一個人。」

「沒辦法，只好這樣。不過今晚的人數太多了，晚餐就各付各的。」

語畢，猴子為了打卡而消失在組織的事務所之中。

□

增加一名成員的小峰一行人走進風化街後方，他和猴子日前光顧過的那家主打涼麵和黑豬肉煎餃的中華料理店。當所有人都坐上紅色塑膠椅時，猴子叫了四人份的煎餃和二瓶中瓶啤酒。

在場年紀最小的猴子斜握著冒汗的麒麟酒瓶為所有人倒酒。帶頭乾杯的是在工作上習以為常的香月，她一口乾下整杯啤酒後表示：

「池袋的啤酒果然比我在銀座喝的白蘭地順口。」

猴子呆看著她。小峰則對畏畏縮縮的安格妮絲問道：

「妳想讓我們看的東西究竟是什麼？」

安格妮絲的表情為之一亮，她抬頭把腿上的白色塑膠袋放在桌上東翻西找。

「就是這些……」

擺在桌上的是一疊底片和洗好的相片，約莫二、三百張。每張都是不同的中年男子，但個個頭髮稀疏。小峰錯愕地說：

「這些全是妳拍的嗎？」

安格妮絲笑著點頭。

「對，全是我拍的。每次押下快門時，我都會呼喚聖母瑪麗亞的名字。這裡面有沒有對我男人開槍的人？」

猴子放聲大笑。小峰則詫異得說不出話來。

「真是妙極了，妳是在哪裡拍這些照片的？」

安格妮絲沒將猴子的笑聲放在心上，認真回答：

「太陽六〇通、綠色大道、PARCO和東武百貨前……」

小峰喃喃道：

「這全是在池袋拍的嗎？光在池袋就有如此驚人的數量……」

香月數落道：

「猴子先生，你笑出來就太失禮了。人家或許弄錯方向，但要拍這麼多照片也不是件容易的事。」

安格妮絲看著香月笑了。二個女人馬上組成聯合戰線。安格妮絲開心地說：

「不在醫院陪我男人時，我就會拿起相機站在街頭。這裡面有沒有犯人？」

小峰想吃黑豬肉煎餃、喝啤酒放鬆休息的計畫輕易粉碎了。現在他必須邊吃晚餐，邊看二、三百張照片。而且是找到犯人的可能性為零的照片。這對過目不忘的小峰來說和拷問無異。其中幾張、甚至數十張照片將成為他一生忘不掉的影像停留在腦海。小峰在香月的催促下，開始一張張看起桌上堆積如山的照片。

猴子笑著夾起煎餃，挖苦小峰。

「讓你吃點苦頭也好。」

小峰回瞪猴子，猴子以不變的笑容應對，結果連香月也不給面子地笑了。此時，猴子胸前的手機響起令人懷念的樂曲──搖滾樂團荒原之狼的《天生狂野》。接起電話後，猴子的臉色變了。

「你說什麼？我馬上過去！叫我們組裡的傢伙千萬別動手。」

「怎麼了，猴子先生？」

小峰詢問表情凝重的猴子。已準備從椅子上起身的猴子，將手機放回內側口袋回答：

「發生衝突了。你知道池袋二丁目的『辛巴達』賭場嗎？」

小峰靜靜點頭。他去過幾次。

「京極會和岩谷組似乎在那家店前發生爭執，而且不巧的是岩谷那群人當中有我們組織的人。」

猴子將剩下的啤酒一飲而盡。

「我要過去一趟。小峰先生呢？」

他可不想在這家店邊吃煎餃，邊應付安格妮絲和香月。至於桌上成堆頭髮稀疏的中年男子照片，他更是看都不想看。

「我也一起去好了。」

猴子對瞪大了眼睛聽他們說話的女人們咧嘴一笑。

「妳們在這兒等，我們跑過去一趟。」

「跑？不搭車，而用跑的嗎？」

「廢話，與其搭計程車通過池袋大橋，不如鑽過陸橋要快得多。反正你也缺乏運動，就稍微動動腳吧！」

丟下這句話後，猴子掀開表面一層油漬的暖簾。小峰也喝乾杯中的啤酒，隨猴子奔馳在夜晚的街道。

小峰所在的東口風化街到西口的池袋二丁目，只相隔三百公尺的直線距離，可是搭計程車跨越ＪＲ陸橋再遇上幾次紅燈，就會浪費不少時間。

許久沒有奔跑的他追著猴子晃動的背影。八月的夜風滑過肌膚冷卻了汗水。二人衝出小鋼珠店霓虹奪目的風化街，穿過張貼著WE ROAD（雜司谷隧道）路標的ＪＲ鐵道。陸橋下，外國嬉皮將吉他盒放在地上，一面唱著年輕人聽的歌，一面販售排列在皮箱上蓋、異常便宜的勞力士。酒客閒聊的音量大到會在狹窄的隧道內回響。情侶你儂我儂，慢慢走向賓館街。尋常的池袋夏夜。

抵達ＪＲ西口這一側後，猴子從街角的咖啡店往二丁目的賓館街急行。好不容易追上他的小峰氣喘吁吁地詢問：

「那邊究竟是什麼情況？」

猴子沒有回頭，以同樣的速度跑著，傳來一派輕鬆的語調。

「『辛巴達』是岩谷組收取保護費的店家。聽說是京極會的混混在店裡豪賭輸錢後，時常端出組織的名號賴帳。」

小峰的小腿都快抽筋了，但他不想向猴子示弱，只好故作鎮定。

「原來如此，所以店員找來岩谷組，戰爭一觸即發。」

「沒錯。他們竟然在條子隨時抵達的地方槓上，實在有夠蠢。再說，我們和岩谷組雖然系出同門，但我們不曾收過那家賭場一毛錢，動手也只是做白工。」

「所以猴子先生才要過去制止他們嗎？真是辛苦你了。」

猴子哼聲回應。

「扮完偵探後，還得調停無腦同仁的糾紛。實在快讓我幹不下去了。」

到了常盤通尾端，二人在街角左轉。街上到處站了拉客的人。男女各半。女性方面以可以直接下泳池的裝扮發送傳單，堪稱泰國、越南、菲律賓、台灣等東南亞國家的選美比賽。內有文章的飲料店霓虹燈縱橫交錯地填滿街道兩側。

三十公尺前的步道上可以看見萬頭鑽動。衝往現場的不只有猴子和小峰。想看人大打出手的小鬼從夜路的四面八方蜂擁而至。手機是呼朋引伴的最佳媒介。

猴子撥開人群，來到最前排。小峰也緊跟在他身後。五公尺寬的人行道成了生人止步的戰地。中間三個男人背靠著背，面對七、八名包圍他們的別組組員。小峰在包圍網的外緣發現自己在冰高創意見過的面孔——盯著麥金塔電腦、稍嫌稚嫩的金髮平頭男。

「小心我埋了你們！還不快點把錢交出來。」

「煩死了！誰叫你們耍老千。」

耍老千是賭場的黑話，意思是詐賭。京極會的混混似乎使出輸錢就找碴的老招數。男人紛紛謾罵叫囂，不過雙方都還沒有人動手。

「你們這群關西的土包子，別得了便宜還賣乖！這裡可是東京池袋，你們……」

金髮平頭男嗆聲。只見猴子一個箭步上前，從後方巴他的平頭。金髮男回頭而中斷了要脅的話語，嘴角還掛著白色泡沫狀的唾液。

「你他X的搞什麼……啊！猴子哥。」

猴子冷眼看著金髮平頭男，低聲說：

「得了便宜還賣乖的是你這傢伙。給我帶著佐佐木離開這裡。這裡有這麼多人，根本不需要你們助陣。」

「可是，猴子哥，關西的傢伙最近在池袋很囂張，害我們超不爽的。」

猴子露出頭痛的表情。

「所以你想和岩谷組相親相愛在拘留所住一晚嗎？你應該知道冰高先生最討厭無謂的衝突。快點抽身，否則年終獎金充公處置。」

金髮平頭男不情不願地呼喚另一名少年。這邊年紀約十來歲的獅子頭，穿著白色坦克背心和寬鬆的卡其褲。與其說是黑道，不如說是街頭不良少年的打扮。

依組織不同，服裝品味也明顯有所差異。岩谷組是黑色搭配原色的古典黑道打扮。對外以冰高創意自稱的冰高組，則是流行年輕人的街頭風。被關東男人包圍的京極會則是花花綠綠的高價夏季西裝。那種小峰常在男裝店角落看到並且懷疑誰會穿這種繡了金線、像孔雀似的西裝。

金髮和坦克背心跟在猴子後頭離開暴風圈。從方才一直在隔了一段距離的地方，眺望這場騷動的岩谷組一員瞇眼瞪著猴子，猴子面不改色地回視這個梳著油頭、年齡不到三十的矮個兒。小峰壓低聲音不讓對方聽見地問：

「那是誰？」

猴子緊盯著對手回說：

「岩谷組的涉外組長，中本。他是岩谷組少見有腦袋的傢伙。你等著看吧，他是不會在這裡動手的。」

岩谷組的混混拿著不知從哪裡弄來的滅火器，朝京極會中正在打電話請求支援的高個兒後腦敲下去。在西瓜裂開的聲響下，男人一手抱住頭部，按住傷口的指縫間可見血像從水槍噴出，但另一隻手仍頑強地抓著手機不放。閃耀著螢光色的液晶螢幕被血弄得溼溼黏黏的。

這一擊彷彿開戰的烽火，岩谷組開始攻擊京極會。連血氣方剛的賭場發牌員也加入戰局，情勢從開始就一面倒。過程和平常街頭鬥毆沒什麼兩樣。總之就是拳打腳踢想辦法撂倒對方，再繼續猛踹倒下的對手。雙拳不敵四手，就算是日本全國響噹噹的暴力團成員也招架不住。

在特種行業和小額信貸的傳單紛飛的池袋步道上，岩谷組的混混像跳著哥薩克舞般猛踹拚命屈身保護頭部和腹部的男人們。暴力這回事是只要有一方占了上風，就會變本加厲。游刃有餘的岩谷組看準手臂間的空隙，將腳尖捅進他們的要害。頻頻遭踹的京極會組員逐漸叫不出聲音來。外圍看熱鬧的觀眾也屏息不再冷嘲熱諷。

遠方傳來警車鳴笛聲。隔山觀虎鬥的中本厲聲喝道：

「夠了，立刻閃人回事務所。」

岩谷組的混混分別給了倒在地上的京極會組員一腳，才消失在夜晚的街道。中本再次凝視著猴子。

「喲，猴子。同組織的弟兄都激動起來了，你也不要只顧著賺錢，偶爾出手幫忙如何。」

這個據稱是涉外組長抱胸的左手前端吸引了小峰的全副注意。小指和無名指相加斷了一指半。猴子不疾不徐地回應：

「中本兄，我看情況沒那麼危急吧。」

然後朝地上苟延殘喘的京極會三人努了努下巴。

「還是說這些是必須三打一才能對付的硬漢？」

中本冷笑，將視線從猴子身上移開、對上小峰的眼睛。然後像凝望牆上孔洞似的，注視了小峰好一會兒。

「條子差不多要來了。替我問候冰高先生。猴子啊，你帶了個有趣的男人呢！」

中本帶小弟往羅曼通走去。猴子目送他們的背影時詢問：

「你認識中本嗎？」

「不認識，我今晚第一次見到他。」

「是嗎？那沒事了。」

小峰對中本的印象停留在說怪話的男人。他為什麼認得自己？是在哪裡的賭場見過嗎？看熱鬧的人群在中本率領的岩谷組走近時，自動分成兩邊。

隔沒多久，抵達現場的警車關掉刺耳的警鈴停在步道旁，但火紅的警示燈仍掃射著夜街。湊熱鬧的人愈來愈多。制服警察和便衣衝向倒在步道上的三名京極會成員。附近已不見岩谷組的影子。小峰在猴子耳邊輕聲問：

「接下來會怎樣？」

猴子的聲音中帶著笑意。

「不怎麼樣。」

「怎麼說？」

被滅火器砸傷的男人西裝背面像是塗了油漆般染滿鮮血。可是當員警詢問他是否有事時，男人卻咆哮著不用你管。

「黑道哪可能稍微挨揍就向警方告狀。等他們冷靜下來，自然會口徑一致地聲稱三人在平坦無物的步道上絆倒了。沒有黑道會為這點小爭執提告的。」

小峰訝異地表示：

「是嗎？這麼說，這裡等同什麼事也沒發生過囉。」

「沒錯。實際上也沒發生什麼事情，只是垃圾被垃圾絆倒罷了。」

日產SKYLINE的便衣警車停了下來，從裡面走出穿著灰色馬球衫的男人，留下一人在車內。馬球衫男大概看了一下四周，和負責偵訊京極會的員警說了幾句話、發現猴子後，便像在高爾夫球場的球道般、慢條斯理地走了過來。他吊在腰帶上的槍套，因放了手槍而鼓起。或許是錯覺，但猴子似乎相當緊張。小峰悄聲問：

「這又是誰？很危險嗎？」

「嗯，你安分點。他是本廳保安課的刑警，叫做田所。也是我們組織的消息來源之一。」

猴子挺直身子，向皮膚黝黑的馬球衫男鞠躬。田所長得像上班族的窄臉掛著微笑說：

「在聊我的八卦嗎？齊藤小弟，能不能請你告訴我發生了什麼事？」

田所管轄的池袋署員警沒問出有力的資訊，所以要猴子說明情況。當小峰垂下視線時，保安課刑警的手往大廈與大廈間陰暗的夾縫一比。

田所走進狹窄的巷道。路中央積了一灘空調室外機滴下的水。或許是不希望弄濕皮鞋，田所竟踮腳避開積水，步行了十公尺，遠離看熱鬧的閒雜人等後，轉身靠在油漆剝落的消防梯，面對二人。小峰不明所以地跟在猴子後面。

穿著馬球衫的刑警語氣猖狂地說：

「說吧，京極會的人究竟是被什麼絆倒的？」

「田所先生應該知道『辛巴達』吧。」

猴子用下顎示意一旁的大廈。刑警的視線由猴子轉向小峰並點頭。

「聽說今晚京極會的人在這間由岩谷組罩的賭場內輸了不少錢，又找碴不想付錢，所以店家通知了岩谷組。」

田所瞇著眼睛說：

「原來是這麼一回事，那就無關賭場地盤的鬥爭囉。」

「不是真正的火拚，只是小弟之間的紛爭。」

「瞭解，那就用不著我出馬了。」

猴子搔了搔頭。小峰從猴子的背影察覺他在這名刑警面前扮演好青年。他爽朗地說：

「夫人和真由美小姐最近好嗎？」

「嗯，很有精神，也很期待下次的旅行。你再替我向冰高先生打聲招呼吧。」

猴子的聲音轉為沉重。

「話說回來，田所先生，你有這次『七生』搶案後續的消息嗎？」

保安課的刑警一臉凝重。

「難為齊藤小弟的組織了。可惜此案不是我們課負責的，所以我不是很清楚詳細的情況。而且，我稍早將池袋賭場的勢力分布告知搜查一組時，也只換來寥寥無幾的情報。畢竟事情發生在凌晨，又沒找到目擊者。僅依店長的供訴，很難逮到操著外語的四名犯人。」

猴子進一步追問。

「但攻擊我們店長和名為村瀨的混混的，聽說是同一把噴子。」

「沒錯，這點頗有蹊蹺。可是你不要把刑警辦案想成二小時的推理劇。搜查一組研判村瀨操控的外國強盜團在事後鬧翻並除掉礙事的他，所以會接續調查中國的黑社會。」

「這樣啊。」

當猴子歎息時，田所回頭說：

「放棄吧。」

「……」

猴子沒有回答，於是田所繼續說：

「幫我轉達冰高先生，別浪費精神追犯人或討回那筆錢。而且說真的，扯謊也該有個限度，餐飲費三百萬是要騙誰。我不知道你們丟了一億還是二億，不過這點錢應該不至於損害冰高組的根基才是。」

小峰對田所的話深感意外。這人知道的不少，不像普通的警官。而且他似乎與賭場老闆冰高以及組員猴子走得很近。田所的視線轉向站在猴子身後的小峰。

「請問你身後的是哪位？」

「他啊……」

猴子彷彿這才想起小峰似的趕緊介紹。

「這位是我們冰高創意雇用的影視導演，小峰涉先生。目前正由我帶他參觀賭場取材。」

小峰靜靜點頭致意。田所笑著說：

「哦，冰高先生終於跨足電影了嗎？冰高組的客人啊……」

在刻意讓人不安的沉默後，田所又說：

「我不知道你們葫蘆裡賣的是什麼藥，但我奉勸你們最好別在『七生』附近打轉，就這樣。」

田所稍微舉起左手告別，返回常盤通。手腕上的卡地亞機械錶一路閃閃發亮，不像是地方公務員的薪水可以負擔的精品。小峰於是問說：

「猴子先生，那位刑警究竟是何方神聖？」

「怪人、警視廳生活安全部保安課的刑警，專門管理博奕。每年暑假都會帶全家出國旅遊。」

小峰訝異地問：

「咦！冰高組出錢嗎？」

「不，掏腰包的是池袋公開經營的賭場商會，而且是以考察全世界賭場的名義出資。」

賭場分成特種營業法批准合法公開營業的商家和非法地下營業的商家。這幾年，池袋合法營業的賭場數量一直維持在十家左右。當然，合法營業的賭場和小鋼珠店一樣，可以拿籌碼到店家附近的兌換處兌現，所以骨子裡和地下營業的賭場沒什麼兩樣。

那個叫田所的刑警讓攜手合作的合法賭場出資，送他們全家到海外的賭場旅遊。小峰的腦袋浮現在古早電影看過的名詞。

「那不就是惡警官嗎？」

猴子譏諷說：

「世界上哪能那麼簡單分成黑白啊，又不是輪盤。那傢伙是灰色的。」

小峰不太理解猴子的話。

「什麼意思？」

「田所會適度洩漏他得到的消息，相對的，我們組織會以海外旅遊作為回報。那傢伙不收現金，也會舉發玩過火的商號；不會偏頗賭場，也不會墨守成規。池袋賭場之所以安全、客人之所以能玩得自在，有一半要歸功於賭場與保安課的合作無間。」

依然無法理解的小峰悄聲說：

「是這樣嗎？」

「嗯，就是這樣。在取締嚴格的城鎮，大型賭場賺錢的手法也會跟著粗暴起來。若想在二個月內大撈一筆，就有可能詐賭、追到家裡討債樣樣都來。你在池袋沒聽過一晚輸光家當，連老婆都淪落至泰國浴的故事吧。東京多的是那種像流沙般的賭場。」

猴子接著苦笑說：

「不過看到那傢伙的手錶，還是會火大。聽說那只機械錶要價澳幣一萬五千以上。」

「你知道得真清楚。」

「嗯，旅行支票是我們跟去當錢包的組員經手的。那傢伙在國外絕對不刷自己的卡。」

□

小峰和猴子在巷子裡稍做逗留後，回到常盤通。田所搭乘的SKYLINE已經不在現場，圍觀的群眾也減少許多。猴子舉手招來路上慢吞吞的計程車坐進去，並報上東口風化街入口處的家電量販店的名字。然後他正視著前方開口：

「話說回來，最近出現的全是些莫名可疑的傢伙呢！小峰先生，我們是否稍微接近那個名叫鈴木的傢伙了呢？」

小峰答不上話。從星期日一早開始，自己就像坐上了雲霄飛車，沒有喘息的機會，只能瞠目結舌地望著池袋黑道變化多端的景色，連關鍵槍手的邊也摸不著地持續著地獄之旅。小峰老實說：

「完全沒有，連影子都沒見著。」

小峰望著夜晚的常盤通。在霓虹燈照耀下，酒客和皮條客一如早晨的尖峰時刻，每個人都看來無憂無慮。焦慮像暴風雨來臨時的雲層般令小峰的心蒙上一層陰影。

他的緩刑期間不到一個月。

□

當他們返回安格妮絲和香月等待的中華料理店時，一看牆上時鐘，時間只過了四十分鐘。二個女人的桌上排著五瓶中瓶啤酒和二瓶小瓶日本酒。香月相當能喝，而店長的情人似乎也挺愛喝酒的。

猴子和小峰就坐，一口一口吃著變冷的黑豬肉煎餃以及如同糊掉的烏龍麵一樣發脹的中華涼麵。此時，醉醺醺的香月豪氣干雲地表示：

「我告訴你，猴子先生，區區五千萬，涉哥和我很快就能還清了。涉哥雖然不善賭博，卻很有影視方面的才能。」

安格妮絲搭腔：

「就是說啊，會像黑澤、黑澤……」

她似乎想不到其他日本電影導演的名字，但表情隨即豁然開朗，說出她所記得的。

「對了，會像山本導演一樣出名，製作出《TONIGHT》⑮這樣的電視節目。然後，我也會上電視。」

猴子笑看二個女人。他笑起來依稀可見二十出頭的稚嫩。小峰認命地拿起安格妮絲拍的中年男子照，一張一張地確認。仔細檢查二、三百張照片竟花了他二十分鐘以上。安格妮絲眼神發亮地問：

---

⑮ TONIGHT：深夜談話節目，類似台灣的新聞挖挖挖。

「怎麼樣？有拍到犯人嗎？」

小峰搖頭。安格妮絲垂下肩膀，仍握著香月的手。

「也是，事情不可能這麼簡單。」

要是不趁現在勸退安格妮絲，今後會更加麻煩。

「辛苦妳了，安格妮絲小姐。但鈴木很可能已經不在這個城市，而頭髮稀疏的中年男子在東京又何止數十萬人，所以妳是不是該放棄上街盲目拍照呢？」

小峰的視線從安格妮絲轉向猴子，猴子僅以眼神笑著回應。安格妮絲的雙手在胸前交握。

「謝謝你，小峰先生，但是我有聖母瑪麗亞庇佑。我是因為殷切禱告才能來到日本，也是透過禱告才能認識了我男人的。所以這次我也要藉由禱告來逮捕開槍射我男人的犯人，請你放心，不會有事的。」

小峰直想抱頭。安格妮絲似乎沒有得到教訓，之後仍打算繼續拍上百張、上千張的照片。而且不用說，他也得奉陪。香月笑說：

「既然安格妮絲都說要幫忙找犯人了，不是很好嗎？涉哥就別這麼囉唆了。」

猴子也加入戰局。

「我說，導演，你這人完全拿賭博和女人沒法子嘛！」

小峰灌下已不冰涼的啤酒，又叫了一瓶冰清酒。他若不喝怎麼應付這三人。

「猴子先生，那你又如何呢？有喜歡的女孩子嗎？你應該不是處男吧。」

猴子轉瞬間流露出的真誠表情，讓香月吃驚地盯著他。

「我有心儀的對象，雖然她已不在人世。」

香月和安格妮絲雙雙屏息。小峰囁嚅道：

「是嗎？那麼，你和那個女孩的感情很好囉？」

「不，對方應該完全沒把我放在眼裡吧。落伍的單戀。」

「猴子先生，酷斃了——」

香月用整家店都聽得見的音量大叫後，在猴子的杯裡斟滿為小峰送來的冰清酒。小峰暗忖今晚將是漫長的一夜。

□

深夜二點過後，小峰和猴子在明治通目送二個女人搭計程車離開。八月和煦的夜風鑽過小峰的開襟襯衫。他對著猴子的背影說：

「接下來呢，猴子先生？我想慢慢走回去好醒酒。」

「嗯，我也要回去，就一起走一段路吧。」

於是二人開始往池袋大橋邁進。即使是池袋的風化街，過了午夜，客人也跟著減少許多。店門口微小的燈火下，只見皮條客孤伶伶地站著。頭上的照明在他們臉上形成陰影。偶爾有酒客經過時，陰影中的表情才會突然產生變化。

小峰和猴子來到橫跨JR鐵道的陸橋長斜坡前。末班車已過的鐵道如有數十條銀線奔馳的廣闊荒野，只有埼京線的鐵路貨車不時黯淡地路過。小峰像是突然想起似的問：

「對了，猴子先生，用來裝那筆錢的鋁製公事箱是不是有動什麼手腳？村瀨拿鐵杆撬開鎖頭時，箱子裡面噴出透明的霧。」

猴子望向池袋車站方面的霓虹燈。鐵道沿線綿延不絕的白色大樓猶如陡峭的懸崖。

「哦，那是我家社長的心機。只要強行打開公事箱，就會為鈔票留下記號的小機關。」

小峰在電影拍攝現場見過許多特效用的藥材，卻是第一次見識那種材料，於是在好奇心的驅使下鼓起勇氣詢問：

「裡面到底裝了什麼？」

猴子將手插在口袋，搖搖晃晃地前進。

「好像是香港製的特殊墨水。無色無臭，可是在專用的隱形眼鏡下會看見紅光。原本是在百家樂的撲克牌上做記號，讓發牌員出千用的。」

「就是把那裝在公事箱內啊。那麼，你說的隱形眼鏡還有嗎？」

「有，東西應該收藏在事務所中，因為詐賭用的工具通常價值不菲。聽說墨水和鏡片加起來要二百萬。」

人類在動歪腦筋和賺錢方面的才智似乎無窮盡。小峰吃驚地說：

「要老千的話，二百萬這點小錢一晚就可以從賭客身上撈回來了。不過號稱池袋第一良心事業的『七生』竟然做牌，真是嚇了我一跳。」

猴子咧嘴而笑。頭上的月亮高掛著。

「等等，你犯傻了，店裡怎麼可能用那種東西。對賭場而言動那種手腳反而危險。」

「怎麼說？那樣不是可以輕易把客人當肥羊宰嗎？」

「所以才危險啊。我們怕的不是賭客，而是店裡操行不良的荷官。萬一他們和客人聯手撈錢，才叫慘不忍睹，也有因此淘空的賭場。」

「是這樣嗎？」

「就是這樣。沉迷賭博的客人還算可愛的呢。」

涼風吹過池袋大橋上，發出颯颯的聲響。當計程車開過車道時，小峰說：

「可是詐賭的事情要是被拆穿，連荷官都有性命危險吧。」

猴子的語氣比深夜的風寒冷。

「是啊，有可能被埋到某個深山。不過那種人和你好賭的層級不同，他們是打從骨子裡熱愛賭博。再怎麼向警方通報、增加前科，這種人終究會回到賭場，且不時賭命做傻事。」

小峰很瞭解荷官的心情。賭博除了帶來興奮和刺激外，還會帶來接近麻痺的空虛感。他們不是單純想贏錢才賭博的。對這類人而言，賭博等同音樂，可以邂逅真實生活中少有的大悲大喜。一旦被這熱度侵襲，怎麼可能裝得若無其事。

現在的小峰就和無法想像不聽音樂的人生一樣，無法想像不賭博的夜晚。

□

翌日的池袋又是碧空如洗。上午的氣溫超過三十度，持續大暑。小峰逐漸習慣猴子開車來接他，所以吃完午餐後，他便出現在公寓門口、日光照不到的地方等候猴子。

這天調查的目標是以前村瀨帶小峰去過的冰川台酒館。村瀨曾向他炫耀，自己正和那裡的年輕媽媽桑交往。除此之外，小峰沒聽他提過其他女人。只不過那家酒館要到傍晚六點才開門營業。猴子開著寶獅往池袋東口駛去。

「反正現在離傍晚還有一些時間，正好到我們事務所商議。我實在不想到沒有冷氣的地方。」

離開要町的住宅區，於西口五叉路左轉沒多久，猴子突然打燈靠到路肩，假裝翻找前座的置物箱，眼睛卻注意著照後鏡。小峰不禁詢問：

「怎麼了？」

「還不確定，但你不要回頭。一輛可疑的休旅車從你的公寓前一路跟著我們。」

小峰盯著前方低聲問：

「確定嗎？」

「對方剛停在路肩，是銀色的豐田ESTIMA，因為隔熱紙看不到裡面。沒轍了。」

猴子關掉停車警示燈重返車流，再向右轉往池袋大橋。小峰又問：

「怎麼樣？跟上來了嗎？」

「不曉得，對方現在被紅燈擋下，等會兒就知道他們是不是真的在跟蹤我們。」

寶獅的敞篷車開上陸橋。柏油路在日光的照耀下化為向前延伸的閃亮腰帶。猴子再次打燈，將車子停在毫無遮掩的橋中央。

「這裡可以看清對方的行動，他們無法假裝有事停車。」

小峰伸手變換照後鏡的角度，讓鏡子照出後方，然後與猴子雙雙將手跨在車門等待。遠遠出現在後的ESTIMA，連前擋風玻璃都貼了隔熱紙，無法確認駕駛的長相。但奇妙的是千篇一律的工業汽車竟明顯變了表情，它細長的車頭燈在小峰眼裡像是急得往上吊。

ESTIMA這次沒有停下來，反而加速開過寶獅旁。小峰開口：

「你認為呢，猴子先生？」

「不會錯了。跟蹤我們的是外行人，只是不曉得對方跟的是我還是你。」

猴子開心地笑了，但與車流匯聚時，他又換上認真的表情。

「如果對方有心要跟，應該會準備好幾輛車，跟蹤任務說不定已經由別輛車接棒。今後必須多加注意了。」

□

位於東口風化街另一頭的B-1大樓已成為小峰去慣的地方。當他們穿過霧面玻璃的自動門，出現在麥金塔羅列的事務所，猴子帶他至架設隔間的會議室，端上從冰箱拿出的冰麥茶。這裡的環境實在不像黑道事務所，到處都看不到關東贊和會羽澤組堂口的標識。猴子提起剛才的跟蹤事件。

「我現在沒道理被跟蹤。假設對方跟的是你，雖然不曉得是為了什麼，但我們找尋槍手的方向可能對了。」

對於有人跟蹤自己一事，小峰完全沒有真實感。

「那就奇怪了，我們目前連鈴木的尾巴都沒抓到，他背後的組織何必那麼心急。難道我們在池袋行動會有什麼妨礙嗎？」

猴子冷哼一聲，將雙手交叉在腦後，望著天花板。

「我不知道理由，可是事情說不定真如田所說的意外單純。如果真有人對我們在池袋東奔西走感到不安，有兩個可能原因。一是槍手鈴木還躲在這裡。」

小峰也猜想過這個可能性。猴子接著說出另一種可能。

「有可能，或許該組織就近在眼前，鈴木大叔和利用他的組織就在池袋的叢林裡。」

猴子的笑容加大。

「事情愈來愈有趣了。我原本對你尋找犯人的遊戲不抱任何期待，如今卻歪打正著，搞不好會釣到大魚。」

「猴子先生，池袋有多少黑道組織？」

猴子聳肩後，轉起椅子來了。這間事務所連會議室都用赫曼米勒（Herman Miller）的扶手轉椅。

「很遺憾，不是五隻手指頭數得出來的。光是池袋車站附近，就有上百個掛牌的組織。多數只是窩在某間公寓的一室裡不起眼地活動著。」

「這樣啊，很難從中找出搶匪呢……」

「對，但凡事端看你怎麼想。由我們主動出擊是不容易，不過引蛇出洞或許還有搞頭，因為對方似乎相當著急。」

「我們該怎麼做呢？」

猴子從椅子上起身說：

「不用特別做什麼，就照現在這樣馬不停蹄地在市內搜查即可，對方遲早會覺得礙眼而主動出擊，等著瞧吧。」

猴子說完便走出會議室。小峰在興奮的同時也感到不安。習慣打打殺殺的猴子或許不打緊，但要是黑幫兄弟來襲，身為普通人的自己根本撐不了一時半刻。

沒多久，猴子拿著兩個黑布包著的東西回到會議室，放在小峰面前的桌上說：

「打開看看。」

小峰解開第一個布包，裡面是貼著紅布的盒子。大小和眼鏡盒差不多。他掀開蓋子，中間並排著二個圓形透明的塑膠盒子。小峰問：

「這是什麼？」

「昨晚說的特殊隱形眼鏡。」

猴子邊說邊拿起圓形的盒子，舉到小峰眼前。

「你仔細看。」

小峰瞇眼凝視浸泡在透明液體中的鏡片。那實在不像戴在眼睛上的東西，做工相當粗糙，本來應該是正圓的邊緣呈現鋸齒狀，中央染上紅棕色的範圍和瞳孔差不多大。猴子得意地說：

「戴上這玩意看被搶的鈔票，自然會見到被血染成一片的紅光。」

他的話沒有嚇著小峰，因為那一億四千萬圓早被店長平山和村瀨的血浸透了。

猴子指著另一個黑布包。

「這陣子你身邊的小動作應該會愈來愈多。要是你擔心自身的安全，那傢伙可以借你。」

小峰放下詐賭用的特殊隱形眼鏡，將手伸向另一個布包。黑絨布下緣的觸感相當粗糙。打開黑布後，裡面是油紙包裹的三角形物體。小峰不由得脫口叫出：

「這是……」

心驚膽跳地拆開油紙，露出上了油的光滑槍身。這是全新的自動手槍。小峰不熟悉槍枝，所以不知道這把槍的製造國。手槍旁有二只備用的彈匣，他從青黑色的金屬縫隙中窺見，子彈有如肉食性魚類的卵排得滿滿的。猴子咧嘴笑道：

「怎麼樣，你要收下嗎？」

小峰慌忙把槍重新包起來。不管是什麼工具，拿了勢必會想使用。小峰腦中鈴木浮現誤殺村瀨時，哭著道歉的淚水。

「猴子先生，麻煩你把槍收到我看不見的地方。我雖然不想當槍靶，卻也無意開槍攻擊他人。這次尋找搶匪如果演變成槍戰，絕對輪不到我出場，如果真要我開槍，那我倒不如在冰高組底下打雜。」

猴子聳肩說：

「確實如此，仰仗那種東西，最好要有把命豁出去的心理準備。」

猴子將黑布重新包好的槍，放到會議室長桌遙遠的另一端。可能是安心的緣故，小峰說出他這幾天掛心的事。

「我可以和你商量一件與冰高組無關的事情嗎？」

猴子雙腳交疊跨在桌上，並拿起邊緣呈現鋸齒狀的隱形眼鏡，對著天花板的日光燈。

「說吧，什麼事？」

「其實我想設局陷害一個人，不曉得能不能借用猴子先生的智慧？」

接著小峰簡短提及像寄生蟲一樣黏著新片贊助人的廣告公司社長。

聽完他的說明，猴子說：

「原來如此，不管哪個世界都有貪婪的傢伙呢！只出一張嘴就想以顧問費、廣告費的名義拿走製作費的百分之二十五——一千五百萬嗎？搶錢也不是這種搶法，那個名叫橘的傢伙想得真美。話說回來，你想怎麼做？」

小峰緩緩道出自己的想法。

「我想讓橘退出這個企畫。有沒有什麼好方法可以嚇破他的膽？」

猴子露出銳利的目光。他的年紀雖輕，卻已在池袋獲得冰高組機伶人的聲譽。他立刻反問道：

「那男人什麼時候到東京？」

「下星期初。星期日會先來住一晚，星期一、二再參觀發行公司和製片場，此外還會帶他一起尋找外景拍攝地點，因為我買下的原著故事是關於這城市的街頭幫派。」

猴子的食指按著太陽穴沉吟：

「你能出多少？」

「錢嗎？」

「廢話，沒錢是無法設圈套的。」

這次換小峰沉吟：

「也對……我願意付三百萬和百分之五的消費稅同值金額給橘當作仲介費。換句話說，我能出的錢就這麼多。畢竟電影的製作費一向抓得緊，沒什麼閒錢。」

猴子放下腳，轉起扶手椅。笑皺臉的模樣益發符合他的綽號。然後他猛然起身擊掌說：

「就這麼說定了，把那筆錢給我。先給一半就好，剩下的由我這邊來安排。」

「不會有問題吧？」

「包在我身上，只要是在這個城市，沒有我騙不到的傢伙。你以為我在池袋混幾年了。」

猴子用力拍打小峰的肩膀。抬頭看見猴子滿面笑容的小峰，默默吞下不安的話語。

□

當天傍晚，二人造訪冰川台的酒館，但該店早就停止營業，村瀨交往的媽媽桑也不知去向。小峰在這家酒館所在的站前商店街附近打聽了一圈回來時，猴子掛斷手機並詢問：

「情況如何？」

「那間店二個月前就沒營業了。怎麼樣？要繼續追這條線嗎？」

坐在敞篷車駕駛座的猴子聳肩又搖頭。

「不了，到此為止吧。既然是在搶案發生前二個月收起來的，找到人八成也問不出什麼情報來。」

小峰坐上副駕駛座。他這個外行人調查關係人和事件現場還不到一半，就撞上一堵牆。

「傷腦筋，我已經無計可施了。你剛才打電話給誰？」

猴子賊笑說：

「你不是說要拍攝池袋街頭幫派的故事嗎？我打給認識的正牌幫派頭子。在這城市提起G

少年，連黑道都得敬畏三分。他的名字叫安藤崇，小鬼們都喊他國王，就是一國之王的國王。我找他商量如何設局陷害你口中的寄生蟲。」

街頭幫派這幾個字讓小峰怦然心動。

「能不能找機會引介那位國王？我想訪問他。電影最重要的是貼近真實。」

「好啊，小事一樁。倒是你，擅長演戲嗎？」

猴子邊說邊轉鑰匙發動引擎，同時確認照後鏡有沒有可疑車輛。小峰反問：

「什麼意思？我參與戲劇，卻不曾自個兒下場演戲。」

猴子冷哼後，踩下油門。

「那我勸你在寄生蟲上鉤前，別和崇仔見面。我也就算了，但如果是因為你的表情拆穿了西洋鏡，到時可是大事不妙。」

靜止時熱得有如蒸氣浴的車子，在移動時為車內帶來涼爽的風。猴子似乎不喜歡升起頂篷，所以陽光再強也不會闔起車頂。即使開了空調只有腳邊可以吹得到冷氣也不以為意。小峰試探性地詢問裡面什麼都沒穿、直接套上短袖派克大衣的猴子。

「我以為你肯定會透過冰高組的關係處理這件事。」

猴子駕著車冷淡地回應：

「是嗎？」

「你不用向冰高先生報告一聲嗎？」

猴子斜眼瞪他。

「小峰先生，如果你願意多出一倍的錢是無所謂啦。以同樣的工作來說，跟我們家社長報備，價碼就得三級跳。畢竟，怎麼說都要動用組織嘛。」

小峰終於理解猴子的想法。

「原來如此，到時猴子先生的酬勞也會變得和青少年打工的報酬差不多是嗎？印象中冰高先生對錢相當錙銖必較。」

猴子望著行駛在前方的小貨車，輕按一聲喇叭。

「你也愈來愈明事理了。黑道就像個人事業，終究要各憑本事生存。這次是我個人接下的工作，確實和暑期打工沒啥兩樣。」

遠在川越街道前方的池袋大樓上空，出現巨大的積雨雲，只有外緣受到夕陽的照拂染成紅色，彷彿抹了胭脂，又有猶如從內緣湧出雨雲的磅礡之勢，使底部呈現潑墨似的深灰色。

小峰直視前方說道：

「好像快下雨了。」

猴子樂不可支地說：

「我從小就愛颱風和暴風雨。喏，你不覺得狂風驟雨的天氣非常有趣嗎？」

猴子踩下油門移至外車道，輕鬆愜意地超越原先開在前頭的小貨車。寶獅在降溫的風中加速奔向烏雲。

□

這個週末，小峰除了聲東擊西外別無他法。在請教擔任池袋合法賭場商會董事的冰高先生後，他和猴子開始依序拜訪十二家賭場。每一家店都特意挑來客數最多的深夜後，大搖大擺地登門造訪，唯恐不夠引人注目。

他們到處詢問荷官和業者「有沒有長得像槍手鈴木的男人出入賭場？」、「最近有沒有可疑的客人？」這些不指望答案的問題。每個人的反應都和百家樂的撲克牌一樣薄。雖然做服務業的每一個人都客客氣氣的，可臉上全寫著不想和他們扯上關係。

儘管如此，小峰和猴子仍花了週末三晚努力撒餌。畢竟先前跟蹤小峰的組織不曉得會在哪裡偷聽。

□

沒有反應和成果的夜晚過去，又來到一成不變的星期一。耀眼的晴空下，小峰、猴子和秋野香月乘坐沒有闔起頂篷的寶獅，前往池袋的下一站。

目白在山手線上雖然和池袋只差一站，街道氛圍卻和池袋截然不同。即使在同一塊土地，但社會的斷層開著巨大的裂口分割兩地。這邊的車站附近充滿綠意，聚集了貴族學校、川村學園等學費高昂的私立學校，屬於文教兼高級住宅區。

綽號寄生蟲的廣告公司社長橘智明指定的飯店，是在目白以奢華聞名的四季。

小峰他們抵達飯店、將車鑰匙交給泊車小弟後，猴子看了一眼玻璃門內寬闊的大廳，他難得穿上了灰白色的麻質西裝和同色系的襯衫——但沒別領帶，手裡還提了個公事包。

「接下來讓我們好好料理那個姓橘的傢伙吧。你們還記得我們的計畫吧。」

換上銀座夜裡用的妝容和套裝打扮的香月挺胸說：

「包在我身上，我好歹是演員。」

小峰自暴自棄地說：

「嗯，記得。事前盡量炒熱氣氛，等入夜再在池袋挖洞給他跳是吧。這麼單純的作戰，真的沒問題嗎？」

香月安撫道：

「都已經要登台了，現在才來抱怨劇本有什麼用。」

猴子則一臉平靜。

「放心吧。我安排的人好歹不是演員，而是是真正的幫派分子。我看不只寄生蟲，連你都有可能嚇到尿褲子。好了，導演，要正式上場了，咱們走吧。」

小峰被猴子和香月推著走過滑開的自動門。

盛夏之中，城市飯店的大廳顯得很清閒，難得見到生意人的身影。剛從烈日下移入室內的小峰每次吸氣都可以感覺到冷空氣順著鼻腔經過氣管，最後進入肺部的過程。他們鑽過沙發與沙發的間隙，朝大廳前進。

「導演，會面的地點確實是大廳嗎？」

小峰驚訝地看著猴子，因為平時用詞粗暴的他突然變得恭敬有禮。

「啊啊，對，齊藤。我們約了十點在這裡的大廳碰面。橘先生好像還沒來……我說，猴子先生，你今天打算一直這樣說話嗎？」

小峰落坐在柱子後的沙發，猴子則提著公事包站在一旁。他們的正面是整片延伸至挑高天花板的落地窗，窗戶的對面可見極盡奢華的日本庭院。像一張放大的明信片用的底片般，小池塘底沉澱著濃濃的深綠。

十點五分後，橘智明和這次的電影製作人駒井光彥出現在電梯前。當身材略胖的駒井舉手打招呼時，小峰也輕輕點頭回應。他還沒和駒井詳談今天的安排。小峰起身恭候橘。

橘穿著類似山本耀司的黑西裝，搭配立領白襯衫。半白的長髮紮在腦後，窄臉上高挺的鼻梁掛著橢圓形的金屬框眼鏡，看起來像是哪裡的建築家或大學講師。真是個惹人嫌的男人。小峰心裡雖然這麼想，但還是壓下反感說著客套話。

「橘先生，好久不見，讓我為您介紹。」

他將手比向香月。

「還記得這位嗎？你們曾在仙台見過一面，她是預定演出這次電影的秋野香月小姐，而這位是我的助理導播齊藤富士男。」

橘無視猴子，直接對香月點頭致意。

「萬事拜託了。今天的參觀安排得如何？」

駒井抓著頭插嘴。

「由於我許久沒來東京，所以約了幾場私人會議。橘先生，抱歉，我能不能就此失陪？」

駒井刻意裝出無辜的表情。從大學電影研究社就認識他的小峰知道，那是這男人撒謊時的習慣。橘像是早已不在乎駒井似的微微點頭，小峰也和對自己使眼色的駒井點頭。

「那就一起過去吧。」

五人圍著橘緩步走過寬闊的大廳。

□

在門口與駒井分開的小峰等人，搭著猴子的車前往目黑。小峰的朋友正在目黑的攝影棚拍攝新作。車才剛發動，橘就立刻抱怨。

「東京的空氣都是汽車排放廢氣的臭味，能不能闔上頂篷把冷氣開強一點！」

坐在副駕駛座的小峰偷瞄猴子的表情。猴子牙一咬，若無其事地答道：

「是，我馬上停車。」

猴子將寶獅停在山手通的路肩，悶不吭聲地闔起車頂、緊扣前擋風玻璃。小峰發現在那之後，猴子便鮮少開口。至於橘，他根本不在意年輕副導的情況。

移動途中，廣告公司社長開始聊起自己擅長的電影史，尤其是在場除了自己沒其他人看過的電影。

「你們看過《上海特快車》（*Shanghai Express*）嗎？在急馳的夜行列車中，瑪琳・黛德麗的特寫鏡頭實在美得不可方物。負責拍攝的是李・格穆司（Lee Garmes）。我記得這部曾獲得一九三二年度的奧斯卡最佳攝影獎。小峰先生，你知道嗎？」

小峰知道那是黛德麗和導演喬瑟夫・彭・史藤伯格（Josef von Sternberg）這對黃金搭檔

的第三部還第四部作品，但沒看過這部影片。開車的猴子瞥了他一眼，以眼神示意他要耐住性子。小峰向猴子回以笑容。

「不知道，真不愧是橘先生，我得再多研究史藤伯格導演的作品呢。」

「你有那份心很好。我聽說這次的電影要以紀錄片的手法拍攝池袋街頭幫派，那你有沒有看過《扒手》（*Pickpocket*）？」

法國導演羅伯特・布列松（Robert Bresson）於一九五九年的作品，是小峰最愛的電影。該片的演員全是素人，以粗糙黑白畫面仿紀錄片拍攝，於巴黎北站及賽馬場行竊的場面相當刺激，讓人緊張得手都出汗了。小峰極其遺憾地說：

「真是抱歉，我也沒看過那部電影，雖然聽過那是部傑作。」

在寶獅狹窄後座的橘，頓時顯得欣喜雀躍。

「那《窮天極地》（*La Bandera*）呢？那是迪維維耶（Julien Duvivier）導演於一九三五年的懸疑片……」

在抵達目黑前，三人被迫聆聽三〇年代的世界電影情勢，長達二十五分鐘。

□

在片場櫃臺將識別證別於胸前之後，小峰一行人直接踏上長長的通道。這裡最大的攝影棚設立在一樓，以便搬運器材和布景。昏暗的走廊角落堆著寬有數公尺的布匹和紙捲。小峰迅速說明：

「等會兒要參觀的是出租用校園恐怖影片的拍攝現場。正如橘先生所知，現在的影片市場競爭相當激烈。過去販售一、二萬片才叫賣座，但現在也有賣個二千片就拍攝續作的。當然會逐漸刪減製作費就是了。」

橘正色直言：

「不賣座就亂槍打鳥，追求表面的數字，這對電影藝術來說，實在稱不上是好環境。」

藝術！萬萬想不到會由「想從原本就很拮据的製作費中抽一千五百萬作佣金」的男人口中聽到這個詞。猴子和香月泰然自若地點頭附和他的話，實在是演技絕佳。

「現今主流的企畫只剩五種：有刑警或黑道出場的動作片、小鋼珠或吃角子老虎的賭博片、給小朋友看的校園片、特殊化妝的恐怖片，最後是萬古長青的色情片。」

「這麼說這次的企畫是混合校園和恐怖兩派的影片囉。」

「是的，而且剛高中畢業的女主角在片中大露事業線，想轉型為成熟女演員，所以還兼具了色情片的要素。」

他們穿過開放的不鏽鋼門，進入攝影棚。穿著骯髒牛仔褲的員工忙進忙出，在寬闊的攝影棚兩端趕搭教室和教職員室的布景。其中以年輕人和屆臨退休的人居多，沒見到中間年齡層的人。

小峰和正透過小螢幕確認拍攝效果的導演舊識打招呼。

「你儘管參觀。請好好招待贊助商。」

導演直爽地丟下這句話，便回到自己的工作上。小峰四人拿了鐵椅排排坐在攝影棚內。無止盡的等待就此展開。燈光、收音、衣服和化妝，拍攝的時間大多耗在等待。於是，橘又開始他的電影教學。

「那裡的影像顯示器是近期電影構圖退步的元凶。早期的導演會觀察演員的表現來決定如何沖片定影，做出精準的預測。絕不能因為可以直接在螢幕上確認就放心。」

一小時後，偶像女演員的拍攝已進行了三段。嘴上說是以成為實力派為目標的她，念起臺詞卻顯得生硬不自然。對此，橘投以冷漠的視線。要不是少女有脫衣的養眼畫面，這份企畫肯定流標。

電影、戲劇、音樂每個領域都一樣。表面上雖欣欣向榮，但其實現在的日本沒有支持藝術的基底。這全怪成年男子只顧著工作，不顧支撐國本的另一根柱子。男人不玩樂的國家怎可能培養出豐富的文化？

小峰等人不到中午便早早離去。

□

坐在神宮前日本餐館的包廂內，小峰他們點了似乎頗受附近粉領族喜愛、徒具形式的懷石料理套餐來解決午飯。他們的下一站是青山的編輯工作室，位於表通再過去一條街的寧靜巷弄裡。

小峰一進門立刻下樓。夏日的陽光穿過玻璃磚，落在放了觀葉植物的半地下室樓梯間。小峰告訴跟在後頭的橘：

「或許沒有惡意，但這裡的編輯室和租金同樣由高至低排序。」

「什麼意思？」

小峰往上看了一眼說：

「放在地下室的是一小時一至二萬日幣的舊型設備，客戶多半是我們這種沒錢的電影或影視業者。樓上一、二樓是一小時三萬至五萬日幣的設備，客戶是電視節目製作公司。三樓的頂樓是全日本目前只有二臺的最新高科技機器，用在好萊塢科幻巨片的數位影像編輯器。我雖然沒借過，但聽說一小時要八萬日圓的驚人租金。客戶僅止於有錢的廣告代理商。」

橘喟嘆：

「為了電影研發的機械，在日本卻只用在廣告片真是可惜了。」

小峰打開地下室走廊右邊的門。約四張半榻榻米大的房間內，擺滿影像和聲音的顯示器、業務用規格的錄放影機，以及混音器和電腦。小峰和認識的編輯打了招呼，就坐到牆邊薄座墊設計的沙發上。

橘剛才的感嘆似乎是真心的。要設計橘退出這次企畫，令小峰有些愧疚。他看著猴子，猴子也靜靜回望他，其無情的眼睛有如波瀾不興的海面，那是沒有一絲猶豫的冷酷眼神。

□

下午第二站是銀座的影視發行公司。那是大型電影公司的子公司，負責製作和銷售獨立的系列作品。小峰在該公司專門和自己接洽的負責人面前，介紹橘是贊助廠商派來的。對方周到且駕輕就熟地接待橘，而且還在小峰總匆匆走過的會客室桌上擺放數片他以往的作品。

內容描述橫濱暴走族的影片、改編自漫畫原著，由昔日的國民偶像扮演ＳＭ小姐的影片，以及小峰使出渾身解數，以罪犯和刑警的友誼為主題的作品。之中最賣座的是年近三十的前國民偶像主演的作品，票房方面只要沒有擦棒，就算是正中好球。製片群勞神費力的程度和作品的銷售數字完全脫勾。根據影評雜誌的論述，這部電影之所以會賣座，有一大半是因為海報上綁著鎖鍊、微微下垂的乳房。

在俯瞰晴海通的會客室裡，眾人圍著橢圓形的桌子，持續聊著無趣的話題：低迷不振的影視產業和世界整體的不景氣。發行公司絕非無往不利，不管是怎樣的作品，在推出市場之前都無法預測銷售情形。

以往沒有人拍攝的街頭幫派作品，雖然是新鮮的題材，但也沒人敢保證會大賣。儘管知道這點，小峰仍覺得緊張。橘雖然對藝術有興趣，卻對票房興致索然。一臉無聊的聽著業務部的報告。

待他們走出發行公司時，太陽已西下。小峰一踏上銀座街頭便開口說：

「接下來入夜的時間，我們要到池袋尋找外景拍攝地點。橘先生，你既然都來了，要不要親自拿攝影機試試呢？」

橘原本無聊的表情變了。小峰向猴子點頭示意後，猴子將公事包交給他，跑去取車。香月撐著公事包讓小峰打開它。灰色泡棉的凹槽中，收著二臺最新型的數位攝影機。小峰拿起一手掌握的小型攝影機遞給橘。

「雖說是尋找外景拍攝地點，但這次的作品是卡式攝影、又是紀錄片，所以會優先考量現場氣氛。橘先生今天如果有拍到好畫面，我會毫不客氣地拿來使用。攝影機數位化之後，畫質已提升至拍片的等級。」

橘像是拿到真槍的槍械迷，口水都快流下來了。他馬上開始把弄著細小的按鈕。猴子的寶獅從地下停車場探出車頭，並猛然停在發行公司的大門口。

仙台來的廣告公司社長的小眼睛在鏡片下閃閃發亮。

「那就出發前往池袋吧！現在開始發揮我的真本事。」

□

當猴子將車停在池袋西口公園的路邊停車場時，太陽已經沉入西口的大樓間，天空僅飄著幾朵紅黑色像是煤渣的雲朵。西口公園是小峰押寶的原著中，預計會多次登場的重要舞臺。四人走過東京藝術劇場旁，朝公園入口前進。小峰向背對自己的橘詢問：

「您要先用餐，晚上再來尋找外拍地點嗎？」

橘頭也不回地疾行表示：

「不用，這樣不就浪費了難得的暮光嗎？等拍完二、三支影帶再來用餐也不遲。」

眾人踏入西口公園的圓形廣場。一〇九辣妹、把酒言歡的流浪漢、大聲說著外語的外國人、正在約會的高中生情侶、已經微醺的上班族，以及非法電話卡和藥物的買賣，在池袋警署前大剌剌地進行著。

池袋的夏夜即將展開。商業大樓原色霓虹招牌席捲這一區。鋪著花崗岩的廣場上各個階層的人來來往往，像在誇耀池袋的多元性。

橘還沒走進公園就開始拍攝。他在同心圓圖形的廣場中央打轉，收錄周遭所有的景象。猴子走到提著另一臺數位攝影機的小峰身邊，悄聲說：

「該收網了，G少年的人已在一旁待機。」

猴子的視線前方立了座銅像，圍在那附近的少年們不修邊幅的街頭風打扮中，必定有藍色。這就是池袋的獨色幫嗎？從未見過的街頭幫派引起小峰的注意，而同樣注意到他們的，還有狂拍個不停的橘。

公園廣場中央周遭、夕暮低垂的公園內，橘著魔似的一步步靠近少年們。猴子在小峰耳邊低語。

「要開始了，我們也過去吧。」

小峰、猴子及香月三人從容地追上橘。至於當事者的橘，竟逐一特寫每個面無表情、冷冷瞪著攝影機的街頭不良少年。

「唉呀，那位大叔真是有夠不知死活，連我們組裡的死士都不會那麼亂來。他該不會把G少年視為普通的不良少年吧，那樣子一個弄不好真的會挨揍。」

少年開始包圍架著攝影機的橘。猴子又說：

「開始了，我們也加入吧。」

「到底是什麼要開始了？」

小峰低聲叫住跑向藍色幫眾的猴子，因為猴子完全沒告知他計畫的詳情。

「可惡！」

猴子沒有回話，小峰只好跟著他撥開前方穿著藍色T袖、派克大衣或坦克背心的人群。汗臭混合大麻的甜味，形成令人窒息的熱氣。突然間，人群中爆出怒吼：

「拍什麼拍啊！國王允許你在這裡亂拍嗎？」

身穿白色短袖T袖、胸膛厚實的少年抓著橘的胸口叫囂，橘的腳尖僅能勉強踩在公園石磚上。少年的上半身似乎是全刺了美式風格的刺青，因為從他袖口露出的兩條胳膊到指尖，爬滿深藍色的幾何圖，留白的只有背面的T袖。

「宰了他！」

「活埋他！」

藍衣幫眾的叫囂聲此起彼落，而橘早已嚇得說不出話來，踮起的雙腳不停發抖。猴子走進人群中央。

「不好意思，這位先生昨天才從仙台來到池袋，今天只是為了尋找電影拍攝地點來拍這個公園。」

刺青男表情不變地說：

「那又怎樣？這傢伙還是未經允許就拍下我們的臉。這裡有緩刑中的人，也有遭通緝的人，我們的隱私要怎麼辦？這男人不知道什麼叫做肖像權嗎？」

小峰只能呆呆地看著這一切，原以為虛有其表的青幫少年竟意外地伶牙俐齒。此時他被人推了一下，擠進少年的包圍網。香月踩著高跟鞋的腳一拐，跌坐在地上。當中有人打起了手機。

「你們只有四個人嗎？」

刺青男笑問。小峰默默點頭。確實是了不得的魄力，連知情的他都體會到莫名的恐懼。經過公園的其他人全別過臉裝作沒看到而直接走掉。刺青男說：

「罷了，既然我們無法做出結論，就到國王那兒吧！大叔，你真走運，來池袋的第一天就可以見到國王，說不定也會成為這輩子最後一次。」

刺青男搭著橘的肩膀說。少年們高聲歡呼，架著小峰、猴子和香月的手臂，朝最近的公園出口而去。西口公園後有條賓館林立的窄巷，三輛美國製的多功能休旅車停在人跡罕至的小巷中。

小峰他們被塞進了黑色的休旅車，只有橘獨自被押上另一輛車。光頭司機轉頭說：

「大姊，剛對妳那麼粗魯，真是抱歉了。」

他的鼻翼穿著小鋼珠般大的銀珠。香月將頭髮撥齊的同時，率性地說：

「沒想到這樣，鞋跟就斷掉了，不過我會叫涉哥買新鞋給我，所以算了，我原諒你。」

猴子憋笑說：

「橘大叔現在一個人，說不定快哭了。另一邊的人會按照計畫蒙住他的眼睛。喂！崇仔那邊準備好了嗎？」

副駕駛座上利用髮膠讓金髮從髮根立起的少年回答：

「我們家國王什麼時候失誤過？猴子哥，你儘管放一百二十個心。」

「嗯，知道了。話說，阿誠那傢伙最近可有出席你們的集會？」

阿誠？出現小峰不曾聽過的名字。這輛休旅車底盤下安裝的燈泡透出了慘白的光，奔馳在日出通往東池袋的方向。

「我在集會上沒看到他。誠哥是自由派的，與其說他屬於我們G少年，不如說他是屬於全池袋的人。」

雖然不清楚他是什麼樣的人物，但肯定是讓藍衣幫敬重的角色。寬度近二公尺的大型休旅車駛進住商綜合大樓林立的窄巷，再過去是張著刺鐵絲的空地。大樓間雜草叢生的空地停了好幾輛相似的大型休旅車。鐵管組成的大門旁，站了兩個頭圍藍色頭巾、打赤膊的男人，想必是藍衣幫的哨兵。小峰等人所搭乘的車子靠近時，門自動開了。

停車後猴子說：

「好啦，麻煩各位再演一會兒戲，別忘了要狠一點。」

光頭少年賊笑回應：

「我很期待說，畢竟難得有機會痛毆羽澤組系冰高組的新秀。」

猴子和司機互擊拳頭，以街頭幫派的方式打招呼。小峰受不了地搖頭下車。

□

踏出車外的藍衣幫少年恢復駭人的表情，拖著三人往人群去。空地聚集了五、六十名青少年。以停成半圓形的休旅車為背景，中央放著飽經風雨剝蝕的沙發，在那上頭掛的藍色緞子發出類似鯊魚背部的光澤。一名皮膚白皙、身材清瘦的青年蹺著二郎腿坐在那裡。在打扮各異、隨興鼓譟的少年們中，只有青年的周圍寂若死灰，好似在這個八月的時節獨自處於寒冬。不用他人提醒，小峰便知道這位青年是G少年的國王。

小峰他們和被蒙住眼睛的橘一起被帶到青年面前。但他們似乎另有紛爭，一名少年雙手被反綁著跪在雜草中，接受國王冰冷聲音的洗禮。

「……你做了幾次？」

在街頭幫派之王安藤崇的聲音中，感受不到他身為人對眼前少年的好奇或關心。被綁的少年用顫抖的聲音回答：

「大概……兩次……吧。」

周遭的幫眾噓聲連連。

「大概是什麼？你這小子連和女人上了幾次都不知道嗎？」

即使周圍的人放聲大笑，國王依然不為所動。就在橘的眼罩被拿下的同時，猴子開始掙扎想要甩開架住他的少年。剛才的光頭司機立刻一拳揍向他的臉，發出紮實的聲響。橘連忙低下頭。國王在這時冷冷說道：

「這男人對同伴的家人、我們的妹妹下手。對方幾歲？我要你當著大家的面說。」

少年低頭啜泣。

「十二歲。我……我……」

「不管你知不知情，都必須依規定懲罰。選吧，你要手臂還是老二？」

少年用蚊子般的聲音回答。

「手臂……麻煩讓我選手臂。」

站在國王身邊的二名彪形大漢走近正在抽泣的少年，啪地一聲解開塑膠繩，再強迫少年站起來平舉右手。其中一名大漢從腰間的套子拔出刀來。雙刃刀在擺盪雜草的映襯下透出微弱的光芒。男子像用簽字筆作記號般，面無表情的用刀尖沿著少年的上臂慢慢畫圓。少年咬牙忍耐，即使血滴到地上也不敢叫。血紅的一圈割完後，隔個三公分再劃一圈。刀尖完全吃進少年的手臂。

大漢用少年的牛仔褲拭淨刀尖，重新回到國王身邊。只見先前的刺青男站在國王旁竊竊私語。小峰看了橘，臉色發青的他像是弄不懂自己為何會在這，死咬著唇忍住反胃感。國王冰涼的聲音響起：

「下一個。你們做了什麼？」

小峰四人被拖到國王所坐的沙發前站定。刺青男回答：

「這幾個傢伙未經G少年允許便在西口公園攝影，還拍下現場的所有成員。」

橘僵著鐵青的臉說：

「請等一下，我們是為了尋找電影景點……」

後面另一名少年快狠準地給了橘的屁股一記迴旋踢。廣告公司社長的身體彎成く字形，半白的頭髮在空中亂舞。看樣子是漂亮地命中尾椎骨了。當橘抬起頭時，他的眼睛裡含著屈辱的淚水。

「國王沒問你話時，不許開口。」

橘乖乖點頭。池袋G少年之王慵懶地坐著直視小峰：

「為什麼需要我們的畫面？」

晚風吹過大樓間的空地。小峰心想不曉得能否情商眼前的青年演電影？因為打著燈籠都找不到擁有如此冰冷氣質的藝人。青年只要出現在畫面中，就能吸引所有人的注意。然後，小峰像是突然回神地答道：

「我們不是要拍G少年的成員，而是為了今年秋天要在池袋開拍的新作尋找拍攝地點。故事以街頭幫派為主。那邊的橘先生是電影顧問，也許是因為各位的外表相當符合作品風格，他才想拍下來當參考吧。」

橘又任意開口。他以發抖的聲音說：

「沒錯！我沒有惡意！反倒是你們有什麼權利把我們綁來？公園是公共場所，我要拍什麼是我的自由……」

國王朝方才的少年使眼色。少年的腳破風飛來，簡直像在練習自由球。裝了鐵板的鞋尖，精確地命中尾椎骨，使橘挺腰跳了起來。國王對小峰說：

「他根本不懂，這城市的一草一木都有其歸屬。你既然要在池袋拍電影，應該知道這件事才對。」

小峰默不吭聲地點頭。要在池袋拍攝，不僅需向市公所和警方申請，還得向黑道和街頭幫派打聲招呼，否則不曉得會遭受什麼樣的妨害。這點不管在新宿、六本木、上野……只要是東京的鬧區都一樣。

國王說話的聲音裡毫無熱度。

「我想想，該怎麼處置這幾個傢伙。」

幹掉他們！宰了他們！圍在一旁的數十名青少年火爆地叫囂。儘管知道這全是在作戲，現場的氣氛卻非比尋常。香月被嚇得面無血色，猴子剛挨揍的臉頰腫起、嘴角流著血沒有抬頭，橘則是明顯在發抖。

「確認他們的身分。」

青幫從他們的錢包分別取出名片或身分證交給國王。黑夜開始籠罩街燈照射不到的空地角落。國王把弄著手中的名片。

小峰愈來愈放心不下。他透過猴子的請託，只是把橘嚇得半死，沒有要他受傷。將恐懼深植在他的心底，事後再勸他退出才是小峰原定的計畫。他雖聽說G少年的國王是個精明幹練的男人，卻不知道他接下來會怎麼做。沙發上的安藤崇對小峰微微一笑。他那無邪的笑容看來遠比周圍滿坑滿谷的不良少年還危險。國王以名片的邊角指著橘說：

「我不喜歡你，所以不准你再踏上池袋這塊土地，也不准你碰電影，懂了嗎？」

真是胡來。橘忍不住大叫：

「等一下！你憑什麼……」

第三腳踹得不輕。橘跪地扶著屁股，久久起不了身。國王面若冰霜地唸出名片上的地址。

「仙台市青葉區國分町嗎？那裡應該是個好地方吧！我已經知道你公司和家裡的地址，G少年沒有去不了的地方和做不出的事，你給我好好記著。我剛才說的話，你懂了嗎？」

橘沒有吭聲。少年伸手摘下他臉上的金屬鏡框丟在草地，再用剛才踹他屁股的工作靴踐踏草地上的鏡片。在兩邊鏡片隨著石頭摩擦的聲音破裂時，國王笑著重複：

「你懂了嗎？」

橘的聲音如秋季蚊蟲般微弱。

「……我懂了。」

國王接著對小峰說：

「我給你個建議，要想在這城市拍出好電影，最好請我們當顧問，我們很樂意告訴你街頭生活的點滴。撇開那男人，由我們主導這部電影明白嗎？」

說不定是來真的。小峰非常猶豫。從國王的神色中完全看不出他真實的想法。背後數名少年逼近的動靜，嚇得小峰真心回答：

「我明白了！」

國王再度露出無邪的笑容，把名片交給一旁聽候差遣的刀子男後，重新恢復原先冷酷無情的聲音說：

「把他們送回西口公園，別忘了要客氣點。好了，下一個換誰？」

國王的審判似乎還沒結束。

□

不良少年把小峰他們架上休旅車，回到被附近高樓的霓虹照得亮灼灼的西口公園。時間還不到晚間八點，於是小峰問橘：

「怎麼辦，要通知警察嗎？」

橘搖搖頭，交還內容被洗掉的攝影機。

「免了，我哪受得了在警察局裡度過幾個小時？對他們來說，一、兩個人遭受保護管束算得了什麼。」

橘畏懼地望著另一批聚集在圓形廣場的青幫少年。他們靜靜注視這裡。橘僵著臉反問：

「倒是你，真的打算在這種地方拍電影嗎？一旦被那些人盯上就無法脫身啊！太誇張了，竟然有那麼惡劣的幫派。」

今晚就此解散。在他們目送橘坐上計程車後，猴子抵著下巴說：

「剛才那拳有夠痛！那小鬼來真的，我的臼齒都鬆動了。」

香月抱著自己說：

「真的，就算知道那是演戲也好害怕。涉哥，你要拍以那些人為主角的電影嗎？」

小峰點頭回說：

「因為沒有人拍過。不過話說回來，由他們主導電影的那句話，不是認真的吧？雖然我想請那位國王演電影。」

猴子將帶血的唾液吐在公園石磚。香月別開眼睛。

「嗯，他應該無意碰電影。雖然沒人能看穿他心裡在想什麼，但他不可能想出現在螢光幕上，讓自個兒的長相曝光。你最好別把他和偶像明星混為一談。」

小峰回想纏繞在國王身上的冰冷氣質。他清楚記得國王冷颼颼的氣息，但他細緻的五官卻如夢一般模糊，完全無法和他的形象作連結。

□

隔天，橘表示要搭乘東北新幹線回仙台，所以小峰和猴子到東京車站送他。而小峰接到橘打來的長途電話是再隔一天的下午、他正搭著猴子的寶獅前往明治通時，他的手機響了起來。耳邊傳來橘的聲音。

「麻煩讓我們公司退出這次的電影……」

橘的聲音強裝鎮定。小峰對駕駛座上的猴子使了個眼神，並訝然回應：

「到底是怎麼回事？我們正要開始前製。」

「這……真是難以啟齒，今天早上我家玄關和公司大門前被撒了大量的魚……連我情婦……不，我女友的住處也跟著遭殃。」

這下小峰是真的驚呼了。他事先不知道有這樣的安排。

「誰幹的？」

橘的聲音裡已掩藏不了恐懼。

「當然是那個叫G少年的幫派。死魚身上全塗了藍色的油漆。請你轉告那位瘋狂的國王，我退出這次的企畫。懂嗎？我和這部電影已經沒有關係了。」

電話倏地掛斷。在小峰轉述橘的話後，猴子笑著說：

「文人果然經不起嚇。虧我還交代要每天撒魚，直到他投降，結果第一天就見效了。」

小峰呆愣地望著猴子若無其事的表情。

「那個惡作劇原來是猴子先生的指示。」

猴子露出再爽朗不過的笑容。

「喂喂，我這才不叫惡作劇。談到心理戰，黑道可是專家，雖然我也是看《教父》才學到這一招。儘管比不上馬頭那般血淋淋，但青魚不也挺美的嗎？而且仙台離海港又近，魚也新鮮。」

小峰仰望池袋的晴空。連日破三十三度的氣溫，使天空化成一片蔚藍。大量撒在公寓玄關前的魚——似乎是不錯的畫面，不曉得能不能用作這次的電影橋段？

□

新電影的製作資金六千萬日圓於八月中旬匯入小峰名下的紙上公司。暌違已久的一大筆進帳，加強了小峰完成新作的念頭。但也因為預支報酬給猴子和G少年，以致戶頭只剩一個月的生活費。

小峰在尋找槍手鈴木的同時，除了多次和編劇開會討論劇本，也沒忘了討年紀尚輕的原著作者歡心，帶他至安格妮絲工作的菲律賓酒店。本業電影導演的工作終於八字有了一撇，可是他與冰高組組長約定的搶案調查簡直毫無進展。或許是輕易就被猴子識破了行蹤，跟蹤的人也跟著絕跡了。

猴子和小峰這對搭檔每晚巡訪池袋的賭場、拜會本家羽澤組的分支，調查道上的情報，順便散播不實的謠言。不知從何時開始，街上便謠傳冰高自掏腰包出一千萬懸賞金給找到槍手的人。

到最後，無計可施的小峰拿起豐島區的電話簿展開地毯式搜索，假借市公所或警察的名義旁敲側擊住戶是否有與槍手年齡相仿、外貌相似的男人，但連他自己都不相信學電訪員傻傻的努力，能找出那個哭喪著臉的男人。可是猴子仍每天交搜查報告給冰高組組長，他總不能什麼都不做。炎熱的八月逐漸邁向尾聲。

小峰雖然著急，卻也做好一半的心理準備。如果是在冰高那男人的底下，說不定能做出什麼趣事。加上他沒有太多附屬組織的經驗，所以有些嚮往黑社會無情又重義氣的人際關係。又或者是因為他交到猴子這個比自己年幼的朋友，因而覺得繼續目前這種前途未卜的情況好像也不壞。像自己這種半吊子，搞不好很適合任職於不屬於黑道也不屬於正當公司的漂白企業。

諷刺的是，當小峰尋找槍手鈴木的決心開始動搖時，線索竟從意想不到的地方出現。對此小峰和猴子僅視為巧合，香月和安格妮絲則認為是天賜奇蹟。然而在池袋街頭，奇蹟和巧合是同義詞，終究會結出惡果。

因為安格妮絲發現的線索，誕生了另一名死者。

□

這一夜，小峰和猴子結束沒有成果的搜查，回到平常那家位於池袋東口風化街的中華料理店吃宵夜。小峰整個下午打了四十通電話給豐島區姓鈴木的人家，而電話簿裡光是豐島區姓鈴木的就有四百戶以上，更不用提槍手的名字很可能沒登記在東京的電話簿。

在老位置的塑膠椅上，猴子吃著招牌的黑豬肉煎餃說：

「黑道總是待在室內曬不黑，不過我今年託你的福曬黑了。」

小峰的嗓子因為打太多通電話而沙啞。

「抱歉，沒有任何成果，還要你陪我。」

猴子搖頭，並一口喝乾啤酒。

「無所謂，你也讓我賺了一筆零用錢。只是時間已經不多了，你接下來打算怎麼辦？對方又毫無動靜……」

此時，店裡長年被油煙燻得霧茫茫的窗戶傳來叩叩兩聲，安格妮絲和香月在外面揮手。二人都為了夜裡的工作化上完美無缺的妝、也弄了頭髮。裙子的長度是安格妮絲短了十五寸，看來不管在銀座的高級俱樂部或池袋的菲律賓酒店，男人喜歡的打扮並沒有太大的差別。猴子看著小峰笑說：

「還沒完呢，看這情況你遲早會記住東京所有禿頭男的長相。」

小峰挑眉露出厭煩的表情。這是他第五次翻看安格妮絲的照片了。她在池袋街頭隨機拍下的中年禿頭男已超過一千人。小峰雖然倦了，卻錯失阻止她的機會。她對拍照和她對聖母的信心同樣堅定不移。她今天也提著便利商店的白色塑膠袋和附加的二百張照片。

香月率先走進店內。她從以前就擁有無論到哪間店，都能和店家立刻混熟的特長。

「早安——阿姨，我要兩份中華涼麵。上工前沒吃這裡的涼麵，我就提不起勁工作。」

香月才坐下，店家就端上招待的臘腸。安格妮絲迫不及待地拿出塑膠袋裡成捆的照片和底片排在桌上。小峰駕輕就熟地看起一張張照片。在這段期間，年齡同在三十歲前後的安格妮絲和香月開始互相稱讚對方的妝很服貼。猴子看著兩個女人，臉上沒有半點不耐煩。

當小峰的手伸向第四捲（三十六張）相片時，桌子對面冒出極其歡樂的笑聲。香月湊近安格妮絲的耳邊不知在講什麼悄悄話，惹得安格妮絲呵呵大笑，還瞥了小峰一眼說：

「我男人才剛出院就生龍活虎。香月妹妹的達令明明還年輕怎麼那麼沒精神，放著妳這麼一個大美人不碰，很危險喔！」

看樣子她們是在聊小峰不舉的那一夜。猴子也加入交談。

「是過於勞心勞力而不舉嗎？要不要我透過特殊管道幫忙買威而鋼？不用診斷書喔。」

小峰不理會這三人，快速解決照片。在看到一半時，照片變成他曾見過的背景——白牆和白地磚、走廊角落的推車上放著心電監護儀、門戶大開的房間裡並列著鐵床。看來是他們先前去探望店長平山的池袋醫院。

在候診室前，有一名胖胖的男子，但最先映入眼簾的是鮮豔的粉紅色馬球衫。小峰搜尋記憶比對鈴木射殺村瀨當晚的服裝。那天，鈴木是以螢光粉紅色的馬球衫搭米黃色的棉褲。他望著手中的相片，雖然沒有照到整條腿，不過大腿處皺巴巴的褲子是米黃色，料子也應該是棉質。從斜後方拍下的照片，雖然無法確定長相，可是將稀疏的毛髮由左邊太陽穴貼平橫梳至頭頂的模樣非常相似。

小峰臉色大變地確認下一張照片。這邊也是從斜後方拍的照片，可是男人舉起手撫平他稀疏的頭髮。圓形的瘀青顏色雖然變淺，卻仍留在他的右手背。小峰試著回想腦海中槍手的腰腹與肩膀和頸部的線條、馬球衫領口和腋下的汗漬、雙下巴延伸至臉頰下的皺褶等所有細部特徵，和眼前照片上的男人相比。

發現小峰神色有異的香月停下筷子，訝異地問：

「有什麼問題嗎，涉哥？」

小峰將這兩張照片排在桌子中央、煎餃盤的旁邊。

「找到人了！說不定今晚過後，我也會開始信聖母瑪麗亞。這男人就是鈴木，不會錯的。安格妮絲小姐，謝謝妳。託妳的福，讓我們朝槍手逼近一步。」

□

現場的笑聲戛然而止。小峰在寂靜的餐桌上，一一指出槍手鈴木和照片中的男人的共通點。猴子喃喃問：

「你確定嗎？」

小峰啞著聲音回答：

「我無法保證，但我的記憶告訴我這傢伙百分之百是鈴木沒錯。」

他曾和猴子說明影像記憶就像拍照，能在腦海裡完整保留現場的影像。但猴子說：

「只要人類做的事，就沒有所謂的萬無一失。」

小峰點頭回應：

「沒錯。可是我們沒有其他線索，就追追看這條線吧。安格妮絲小姐，這照片是什麼時候拍的？」

安格妮絲在胸口畫十字、禱告感謝聖母瑪麗亞後，開口說：

「兩天前，在我男人的醫院。」

「時間呢？」

「應該是探病時間結束的傍晚五點過後。」

猴子眼神發亮地看著小峰。

「是嗎？兩天前嗎？這條線或許可行。」

當晚，小峰和猴子送走二位要上班的女性後，便在冰高創意的會議室裡討論到深夜。

□

隔天早上，東京的天空飄著透著陽光的積雨雲。上午十點以後的氣溫衝破了三十度。平常下午才行動的小峰和猴子，這天在醫院開放探病的上午九點，便準時將寶獅停在還很空曠的池袋醫院停車場。

他們在入口的自動門和實習醫生錯身時，猴子開口表示：

「我討厭醫院。整天聞這種消毒藥劑的味道，健康的人也會生病。」

小峰在重新抱好腋下的水果籃後，看了他一眼。

「你可以擺臭臉無所謂，反正我們今天是來探病的。」

大廳滿是等待叫號的老人。小峰直接走到櫃臺，露出沉痛的笑容對年輕護士說：

「應該有位鈴木住在貴醫院，請問他的病房是幾號？」

護士頭也不抬地盯著電腦螢幕、操作鍵盤。

「我們這有兩位鈴木，一位是八十八歲的鈴木敏春先生，另一外是四十二歲的鈴木亞矢子女士。」

小峰只猶豫了一下。

「我找亞矢子女士。」

「她在三〇九號室。」

當小峰和猴子離開櫃臺移往電梯後，猴子悄聲問小峰：

「如果是老爺爺那邊該怎麼辦？」

「到時就由猴子先生提出老爺爺的名字詢問櫃臺囉。先別提這個了，快點確定病房吧。」

電梯一下三樓便是長長的走廊，和安格妮絲照片上一樣的白色走廊。走廊兩邊是無盡的病房，小峰邊走邊確認病房號碼。三〇九號室剛好正對白日仍燈火通明的護士站。小峰和猴子偷偷瞧了一下裡頭。病房雖然以簾子分隔成四個空間，但只有一張病床上躺了人。病床旁有兩支點滴架和心律監測器。或許是因為病痛的折磨，鈴木亞矢子並不美，只是個枯瘦乾癟的中年婦人。她的身上和醫療儀器間接了好幾條管線，螢幕上的綠色波紋平緩地起伏著，她人應該是睡了。

小峰從走廊匆匆一瞥室內後，就走過三〇九號室。猴子也跟著他移步至走廊尾端的休息區。小峰停在罐裝咖啡的自動販賣機前，受不了地說：

「傷腦筋。」

猴子抬頭看著小峰問：

「怎麼了？」

「那間病房既然在護士站的對面，就表示病患剛動完手術，處於危險狀態。」

猴子表情不變地回應。

「是嗎？」

「嗯，看樣子被逼到絕境的不只是我們，鈴木也差不多。」

小峰和猴子回到一樓大廳展開漫長的等待。好在醫院一直有許多人來來去去，其中包括長時間等藥或等看診的病患，因此非常適合站崗。為防鈴木認出自己，小峰戴上淺橘色鏡片的太陽眼鏡，又在腿上放了封面有巨乳藝人賣弄風情的週刊來監視入口。猴子問小峰：

「那傢伙真的會來嗎？」

小峰翻頁，這面似乎是特種營業的採訪報導，上面可見長相酷似安格妮絲的女性抱著烏龜的圖像舔舌。他小聲回答：

「如果剛才那位女士真是鈴木的妻子，鈴木勢必會每天來探望她。而且我們之前造訪平山時，說不定曾和他在哪裡錯身而過。」

在持續監視四個小時後，小峰早練就一聽見自動門打開的聲音就抬頭的自然反應。他已經看完雜誌架上所有的週刊，進入第二輪。而目標出現玻璃自動門的另一邊已經是下午的一點過後。和鈴木素不相識的猴子率先注意到他，然後通知小峰。

「喂，你看那男人。」

小峰抬頭看見站在前方的槍手鈴木。過膝的深藍色棉褲，粉紅色與藍色的糖果條紋短袖襯衫，他的服裝品味依然不怎麼樣。凸出的腹部和不中用的表情也和誤殺村瀨那夜一樣。男人走過大廳，沒有發現小峰他們。猴子問：

「怎麼樣？要立刻抓住他嗎？」

小峰搖頭站了起來。

「不了。至少先讓他探病。我們和那男人的事恐怕無法在一時半刻間談完。」

猴子微微一笑，跟在他身後。

「你果然是正經人。正牌的黑道就算在瀕死的病人面前，也會大鬧說妳丈夫殺了人。雖然天真了點，但我不討厭這樣的人。」

這話聽起來不像是稱讚。小峰和猴子未搭電梯，改走逃生梯到三樓，然後站在三〇九號外的走廊等待鈴木。

病房外可以聽見中年男子對臥病在床的女子說話的溫柔聲音。女子可能有意識卻無法說話，所以只有他坐在病床旁的鐵椅單方面聊個不停：異常高溫的天候、每天的生活和飲食。鈴木寂寥的人生令小峰更加辛酸。

當鈴木提到出院後要和妻子一起去海邊兜風時，小峰忍不住偷瞄猴子。他沒有流露任何情感，僅是抱胸站著若無其事。

鈴木待在三〇九號室的時間不到三十分鐘。小峰認為這是他體貼還無法開口說話的病人會累。鈴木雖然擔任槍手並射殺了村瀨，但他終究不是近來常在電影中登場的冷血殺人狂。天曉得那種殺人狂在日本又有多少？

「我明天再來，妳好好休息吧。」

病房傳出告別的話語。鈴木走出洞開的房門後，抬頭便對上已拿下太陽眼鏡的小峰。震驚寫在他脂肪豐厚的臉上，但下一個瞬間他就哭喪著臉，在無人的走廊上驀然對小峰和猴子鞠躬，露出冒著一顆顆汗珠的條碼頭，哭著說：

「對不起，我很抱歉……對不起，但是……」

猴子的聲音冷若冰霜，像是已切換成黑道談判的模式。

「但是什麼？」

鈴木沒有抬頭。

「我跟你們走，請兩位不要在這裡動手。內人剛動完手術，什麼都不知道。」

小峰打斷他。

「鈴木先生，這附近有哪個地方可以避開閒雜人等？」

「這時間屋頂應該可以……」

「猴子先生，咱們走吧。」

小峰對鈴木點頭後邁開步伐，肥胖的中年槍手駝著背跟上，猴子殿後防止他逃跑。

□

電梯至頂樓後，只能爬樓梯到屋頂。小峰推開樓梯間的門步入豔陽下，水泥燙得像海邊的沙。屋頂有一半被當成曬衣場，毛巾、床單等物隨著夏風飛揚。四周圍著二公尺高的鐵網，預防自殺。

小峰三人走到水塔的陰影中，躲避毒辣的太陽。猴子靠著鐵架，語帶威脅地說：

「我們知道你做了什麼。如果你不想鬧到老婆和條子那去，現在就一五一十地招了，反而對你沒有壞處。」

猴子的要脅似乎不管用。鈴木雙手無力下垂、像是忘了什麼事，又像是掉了幾根支撐人體的重要骨頭般呆站著，汗水浸溼了他身上的扣領襯衫。然後他擠出聲音說：

「村瀨先生的事情，我很抱歉。我本來打算內人順利完成手術後，要向警方自首。那是意外，我沒有要殺他的意思。」

當時在場的小峰知道鈴木說的是實話，但他想知道的不是這個。他壓下內心的同情逼問：

「鈴木先生，你為什麼要背叛我們？要不是你窩裡反，村瀨的計畫可說是天衣無縫。究竟是誰把你逼上絕路，並陷害我和店長？」

鈴木似乎豁出去了，他連珠砲的發話，像是從破沙袋裡流出的沙子：

「對不起，一切都是我不好，都怪我好賭，內人病危之際還上賭場。我真是個再差勁不過的男人，內人也實在倒楣。」

即使在陰影底下也輕易超過三十度的高溫，讓小峰後頸的汗不停滑落。無人的屋頂簡直遼闊得讓人發暈。光華射日的太陽城（Sunshine City）在酷似積木的高樓叢林後方，將手伸入雲層中。猴子不耐煩地開口：

「少在那邊哭哭啼啼的抱怨！這事不可能是你單獨策畫的，你要怎麼調查假搶案三名同夥的住址和電話？快招！到底是那個組織指使你的？錢呢？一億四千萬——我們賭場營收的十四支！你給我清醒點！」

鈴木抱著頭，嘴裡嘟嘟囔囔不知在說些什麼。小峰豎耳聽見他說：完了、完了，說出來就完了。猴子突然抓狂踢鐵架大叫。有可能是演技，但小峰無法確定。

「鈴木，你想直接完蛋嗎？我大可在你老婆的枕邊大聲嚷嚷說妳的老公是殺人犯。」

中年男子抬起滿是汗水、像是剛洗過的臉，說了一些聽也聽不清楚的話，所以猴子抓住他的衣領。

「你他X的在說什麼啊？」

鈴木又開始哭哭啼啼。

「請你饒了我吧……我是受岩谷組要脅……才逼不得已動手的。」

現在換猴子抱頭煩惱了。

□

三人坐在陰影下。小峰與鈴木面對面，而猴子看著天空，像是不想多管。鈴木開始說起他的故事：

「一切都以亞矢子生病得了子宮瘤為開端。我們公司規定員工加保關係企業的壽險，所以我因此得到了一筆意外之財。」

猴子不屑地說：

「你這傢伙竟然拿老婆的癌症保險金去賭。」

鈴木的聲音變得幾不可聞。

「對，我是爛人。原本就好賭的我算過，即使扣掉醫療費，保險金都還綽綽有餘，所以……想說銀彈充足總會押中一注。」

猴子嘲笑說：

「結果碰上回頭浪？」

鈴木垂首點頭。回頭浪是賭場的黑話，指的是反勝為敗。小峰知道自己和他相比也沒好到哪兒去。他任由汗水滴落地問：

「是哪家店？」

「東口的『翡翠』。」

「那家不是和各組織都保持距離嗎？」

小峰知道「翡翠」一直有繳交象徵性的保護費給各組織，也有取得特種營業許可，沒聽過他們不當取財的消息。鈴木娓娓道出接下來的故事。

「我永遠忘不了，事情發生在七月最後一個星期五。因為內人住院，早回家也沒事做的我，在小酌之後走進『翡翠』。當時我的口袋裡有三捆各一百萬圓的鈔票，所以我抱著輸掉一捆也無所謂的心情下場。或許是這樣無所顧忌的心情，讓我剛開始隨便怎麼賭都贏。」

鈴木的眼神如作夢般匯聚著迷濛的光芒。小峰也很熟悉那屬於賭徒的眼神。人類會對任何事物產生依賴，他們就是如此變化自如的生物。

「三更過後，我的手氣突然變背。也許是因為我平常循規蹈矩的，所以一踏進賭場就性格大變。在輸掉最後一枚籌碼後，我一心想跟店家翻盤。反正保險金還綽綽有餘。在把三百萬贏回來前，我絕不離開。我當時真是鬼迷心竅，不懂得適時收手。」

猴子毫不同情地哼了一聲。這是賭場常有的故事，可是對賭性同樣堅強的小峰而言，聽再多遍也一樣叫人心驚膽跳。

「我一定是瘋了，所以才會在黎明時刻賭場收店前欠下超出我年收的債務。」

猴子首次表現出興趣。他斜眼看著鈴木問：

「你怎麼處理那筆債務？」

「當然是還不出來。我預留了內人住院和手術的費用，結果惹惱『翡翠』將債權賤賣給岩谷組。當岩谷組的人出現在我公司時，我差點吐了。」

猴子吐口水說：

「你的確是爛人。」

鈴木點了點頭又回到自身的故事，像是一開口就非得把話說完不可。任誰都無法在吐到一半時停下來。小峰被鈴木五彩繽紛的嘔吐物給吸引住。

「就在這時候，聽到我正為債務煩憂的村瀨先生出現了。我們原本就在賭場見過，所以他邀我加入假搶案。」

猴子低語：

「你真的是無藥可救的傻瓜。」

小峰忍不住認同猴子的話。接下來的故事可想而知。這男人是無法掩飾有好運降臨在自身上的老實人。小峰彷彿在看鏡中的自己。

「對不起。當我不小心說溜：近期會有一大筆錢入袋後，岩谷組的態度就變了。小峰先生還記得我手上的瘀青嗎？」

小峰一語不發地點頭，他怎麼可能忘了。就是因為發現右手上的瘀青，他才確定那張照片是他的背影。

「當我被帶到岩谷組的事務所、綁在扶手椅上時，混混拿出前端圓滑的的橡膠槌。起初我也有抵抗過，可是被小朋友惡作劇的力道，連續在同個位置打上一個小時後，我再也無法保持沉默。他們打了又打，然而等待槌子落下的期間才叫煎熬。一旁岩谷組的混混，卻置身事外地觀賞棒球轉播。等這一切結束時，我已痛哭流涕。」

然後，到了行搶當天早上。岩谷組過濾村瀨周遭的人事，一一調查假搶案的成員。只要利用暴力團的搜索網，想必可以輕易查出三人的底細。

小峰他們完全是在岩谷組的手掌心起舞。照村瀨計畫進行的假搶案，到最後被槍手鈴木整碗端走，而岩谷組只需將一紙記載搶匪姓名的傳真送給冰高，即可收拾關係人，絕不會走漏風聲。

這計畫是頭腦靈光的村瀨拚命想出來，再加上岩谷組的殘酷無情，成功使出的障眼法，不經過旁敲側擊便無法窺見暗藏的玄機，所以警察到現在還在追中國強盜團的那條線索。然後，猴子提不起勁地問：

「結果你分多少？」

鈴木的聲音又變得幾不可聞。

「債務一筆勾消，外加三百萬。結局是我殺了一個人，並回到原點。」

「岩谷叔那邊幹的事情大多是這樣。」

小峰的心中第一次升起怒火。他咆哮：

「那麼剩下的一億三千七百萬全屬於岩谷組嗎？這事到底該怎麼辦，猴子先生？」

猴子將兩手架在腦後，仰望金屬般的晴空。

「不怎麼辦。我會跟冰高先生報告這件事，然後結案。」

小峰實在無法接受。

「你在胡說些什麼？他們不但搶走『七生』的收入，還在背後恥笑冰高組啊！」

猴子怒吼：

「吵死了！外行人少在那裡囉哩囉唆的。我也很不甘心，可是，冰高先生和岩谷叔是競爭本家王座的對手。單憑這男人的話，根本無法當作證據。黑道沒有警察或法官，到時要是演變成火拚，我們絕鬥不過武鬥派的岩谷組。你知道我們公司的名稱吧——冰高創意股份有限公司。麥金塔G4哪贏得了他們的托卡列夫手槍啊！我們家精明的社長是不可能打沒有把握的戰爭。可惡！」

「我們只能束手無策嗎？」

小峰不死心地說，引來猴子冷笑。

「黑道就是不講道理才叫黑道。弱肉強食。你那個叫村瀨的混混朋友算是枉死了。如果你真想逼出岩谷組的狐狸尾巴，就得拿出任誰都能一眼看穿『是他們搶走賭場鈔票』的證據，使冰高先生也不得不採取行動。畢竟事關面子。只是，不能扯上條子，因為被搶走的一億四千萬是不存在的錢。還是說你要自己拿著噴子闖進去赴死？」

小峰呆望著醫院屋頂翻飛的白床單，和滿臉汗與淚的槍手提起他突然想到的疑問。

「鈴木先生，你剛才說手術順利就要自首，那麼你有證據嗎？那時的槍呢？」

鈴木低著頭小聲回應：

「被岩谷組的人拿走了。我只能到警方面前說是我做的。」

猴子傻眼看著小峰。

「小峰先生，他這麼做免不了揭露你是假搶案的一員，所以不管怎麼樣都不能將這男人交給警察。萬一他們真的開始調查，岩谷組只要說是組裡的激進派幹的就能撇清，斷尾求生。不但錢回不來，還得挨冰高先生的巴掌。」

這次換小峰大叫：

「可惡！你這樣也叫黑道嗎？只會計較錢，和銀行有什麼兩樣？」

猴子疲憊地說：

「我也感到遺憾，但黑道要顧慮的事情和白道一樣多。我打算今晚和社長報告這件事，你呢？要一起來嗎？」

想到冷眼看著他在借據上捺印的冰高，小峰便全身無力。儘管賭場搶案的真相大白，錢終究還是回不來。他得依照原先的約定，背負五千萬債務，以冰高組基層的身分度過下半生。自己到底是為了什麼而在炎夏酷熱的池袋東奔西走呢？一切全是白費功夫。不知道真相也就罷了，如今對岩谷組的憤怒令他五內如焚。可是，身為影視導演的自己，對這個城市最大的武鬥幫派生氣又能怎麼樣？

找岩谷組麻煩，就等同裸身綁著鮮肉闖進猛獸籠。

□

離開醫院的三人改到附近的大眾餐廳。小峰已經沒有繼續問問題的力氣了，但必須將事情如實稟報冰高的猴子，簡直像警方問訊那樣咄咄逼人，反覆丟出同樣的疑問。只要答案出現和上次不同的部分，他就會針對那個部分打破沙鍋問到底。

問訊進行到一半時，小峰甚至感到佩服，雖然他已等同涉及假搶案的旁觀者。超過四小時的問話結束後，三人在夕陽餘暉中坐上猴子的寶獅，前往鈴木的住處。鈴木所住的社會住宅，位於北區交界附近的駒込六丁目。猴子如同到小峰家時一樣大方地進入屋內搜索。

於玄關見到父親帶了二個陌生男子回來，孩子們（大的女孩子差不多四歲，小的男孩子差不多二歲）全瞪大了眼睛。不想看猴子翻箱倒櫃的小峰，在猴子巡視格局標準的二房一廳一廚時陪著他們。

兩個孩子和槍手鈴木一樣長得胖胖的，看起來不怎麼可愛或聰明。姊姊可能察覺氣氛有異而悶不吭聲，但小的完全弄不清楚情況，不斷開心重複「拔拔……馬……歐哈——」玄關有股燉煮什麼食物的甜膩味，八成是鈴木代替住院的妻子煮給孩子吃的。

在屋內待了約十五分鐘後，猴子垮著臉回到狹窄的玄關。

「什麼都沒有。過得這麼貧困，你還敢上賭場。喂，小子，你爸……」

當猴子蹲在小朋友面前時，姊姊連忙抱緊弟弟。

「住口，別跟孩子說這個。不管父親做了什麼，都和他們無關。」

遭到小峰嚴厲制止的猴子冷哼後起身。

「我第一次見你發脾氣，麻煩你今後在我們組裡也照這個調調努力工作。」

最後，鈴木赤腳站在敞開的門邊，送準備離開的小峰和猴子。他和在醫院時一樣深深一鞠躬，並在嘴裡咕噥著：

「對不起。我可以繼續照現在這樣過活嗎？」

猴子聳肩應許。

「嗯，也只能這樣了。」

鈴木這天首次抬頭直視小峰。

「小峰先生，謝謝。有朝一日我一定會補償你的……」

鈴木說完又鞠躬，可是這次遲遲未起身。

小峰突然想起問道：

「對了，鈴木先生，你的名字有登記在電話簿上嗎？」

「嗯，我記得有。」

猴子看著小峰咧嘴一笑。所以說，電話的地毯式搜查遲早會網到魚。管他案件或謎團，一旦水落石出就是這麼單純。掌握關鍵的鈴木也有自己的日常生活。小峰和猴子走出外面走廊排滿自行車的社區住宅。

每當小峰想起鈴木，多半是他當時鞠躬露出條碼禿的模樣。或許是因為那是自己見到他的最後身影也說不一定。

□

隔天，池袋依舊是萬里無雲的晴朗天氣。達成當前尋找槍手的目標、洩了氣的小峰，到近午時仍在自家公寓睡大頭覺。反正八月只剩十天，在找到鈴木又拿不回錢的情況下，九月他就得在冰高組展開基層小弟的生涯。

他原本打算無論如何，都要利用好不容易到手的製作資金拍攝新作。這無疑是自己在電影界最後的工作。如果能靠這部片積聚一定的金額，對錢錙銖必較的冰高應該會願意寬限一個月。

小峰的手機在接近下午五點、他仍賴在床上時響起。

「喂，我是小峰。」

「嗯，是我。你聽說了嗎？」

猴子低沉的聲音帶給他一種不祥的預感。

「什麼事？」

「鈴木死了，說是從醫院屋頂跳樓自殺。」

□

腦中浮現純白的床單和床套隨風飄揚的畫面。震驚不已的小峰急忙打開電視，看有沒有哪一台新聞正在報導鈴木的死訊。完全忘了在不景氣的日本，每天都有近百名的自殺者，跳樓自殺根本沒有報導的價值。

「但他昨天才問我們，可不可以繼續照現在這樣過活！沒道理會自殺！警方仍未釐清案情、欠岩谷組的錢也因假搶案而一筆勾消了、他的老婆又還不能出院。」

猴子忍著怒氣冷靜表示：

「更別說還留下那兩個醜小孩。就算那男人再軟弱，也沒種今天就自殺。」

「那麼說……」

「八成是岩谷組殺了他。跟蹤我們的應該是他們，只是被發現後把跟蹤的目標從我們改為鈴木。而且他要照顧妻子和孩子，無法離開這城市。」

小峰打斷猴子的話，喃喃說：

「結果我們出現了。他們為了滅口，把他從醫院屋頂丟下去……可惡！這樣……」

猴子冷冰冰地回應：

「沒錯，我們造成他的死亡。」

小峰緊捏著手機坐在沙發床上，一句話也說不出來。

「不過，你要記得，殺死他的是岩谷組。我們只是在找東西。」

小峰滿肚子火。

「事情至此，你家老大還是什麼也不做嗎?沒出息!你們乾脆別幹黑道了!」

咆哮完直接掛斷電話的他，一時之間氣喘如牛無法動作。

□

無法靜靜待在狹小的套房公寓，小峰踏上池袋的街頭。漫無目的的他只是抱著無法克制的怒氣一個勁地走著——一丁目的賓館街、西口公園，然後鑽過驚天橋⑯往東口去。街上一如往常呈現麻木不仁的喧囂。

他的腳不自覺地走到太陽六〇通，經過日前發生假搶案的光町入口。當時的四名同夥中已死了二個、另一個手臂中槍，連同自己的下半輩子都被沒用的黑道買斷。

「保證萬無一失的搶劫計畫」、「十分鐘就可分得一千萬圓」。小峰甚至恨起用這些話籠絡自己的村瀨。事實上，那確實是完美的計畫，近乎完全犯罪，直到岩谷組逐臭而來，以致他連村瀨故鄉舉辦的葬禮都無法參加。這次鈴木的葬禮，他恐怕也幫不上忙吧，雖然不用見到那兩個孩子反而輕鬆。

走過川越街道，眼前便是池袋醫院。小峰在不知不覺間，來到槍手鈴木喪命的醫院。他仰望這棟樓後，如遊魂似的穿過玻璃自動門，安靜地從逃生梯走到鈴木妻子所在的三樓。然後站在正對護士站的病房前窺視裡面。

「拔拔、來……嘛嘛……拔拔、來。」

二歲的弟弟無法理解父親的死訊，在母親床邊跳來跳去。坐在枕頭旁邊的女性可能是親戚，消瘦的臉龐和吊點滴的婦人十分相似。四歲的姊姊也許是哭累了，頭靠在床邊睡著。

小峰呆望著這個失去支柱的家。異常安靜的病房和熱鬧的池袋街頭形成強烈對比。這個家今後會如何呢？小峰思考著這個家被奪走的未來。自己真的不為死去的村瀨或鈴木做些什麼嗎？難道除了扮演死士衝進岩谷組外，沒有其他殺他個措手不及的方法嗎？有人在小峰嘴裡唸個不停時拍他的肩。

「喲，你果然在這。雖然時間還早，一起去喝一杯吧，我今晚奉陪到底。」

猴子一臉無聊的站在小峰身後說。小峰頭也不回地問：

⑯驚天橋：正式名稱為都道池袋天橋。驚天橋名稱的由來眾說紛紜，其中也有電車通過的轟隆聲嚇得人驚馬慌之說。

「冰高先生怎麼說？」

猴子歎口氣。

「不出所料。冰高先生說現在還不是和岩谷組槓上的時候，要我們乖乖抽手，別亂來。」

小峰咬牙說：

「沒種的黑道……」

猴子啞然失笑。

「喂喂，別耍那種流氓語氣。有什麼辦法，死的那兩個只是痞子，又不是我們組織的人。而且你別忘了，我們組織才是受害者。」

小峰轉身快步走在醫院的白色長廊，背對急忙跟上自己的猴子，發洩似的叫道：

「那種事我知道！但我已經忍不下去了，既然沒有人要幹，就由我來。聽著，我絕對會搞垮岩谷組，你等著看我搞垮他們吧！」

像是要把話刻在心底般，小峰一再重複同樣的話。

□

小峰和猴子回到昨天鈴木告訴他們背叛真相的醫院屋頂。夏季的斜暉讓池袋街頭像是撒了層金粉，在西斜的落日下燃燒。鈴木墜落的屋頂一角，拉著禁止進入的黃色封鎖線。小峰搭著鐵網，遙望下方的中庭。地上仍留著粉筆所畫的人形和沖刷血跡的水窪。猴子以極其冷靜的聲音說：

「搞垮岩谷組嗎？好樣的，你打算怎麼做？」

小峰根本答不上來。猴子挖苦他。

「還是我拿噴子給你，讓你一個個幹掉他們？」

小峰搖頭。猴子擴大臉上的笑容。

「要不然，駕駛偷來的瓦斯車衝進他們的事務所？」

腦中浮現岩谷組的事務所爆炸、噴火的場景。他記得北野武的電影曾出現這樣的場面。真是愈說愈離譜了。但猴子還不放過他。

「或者在他們的食物裡混入腸道出血性大腸桿菌？反正今年常發生食物中毒。」

小峰只能搖頭。最後，猴子安慰說：

「懂了嗎？尋常人就別逞強了。要是一個弄不好，下一個被幹掉的就是你。你已經是冰高組的人了。冰高先生對你這次尋找槍手的行動給了很高的評價。當我稟報鈴木遭到殺害時，他還交代我要顧好你。你要是仍當自己是普通人而橫衝直撞就危險了。好啦，走吧。喝杯酒，把鈴木的事給忘了吧！」

小峰狠狠握住鐵網，鐵鏽落在他的手背上。

「不要！我沒辦法遺忘或原諒。這不是復仇，而是我無法原諒自己就這麼放過他們。」

猴子煩躁地回應：

「黑道常得像這樣咬牙混血吞。拋下你的自尊心吧！不然今後怎麼幹得下去。」

小峰無視猴子的忠告。

「我確實無法痛下殺手，但每個組織都有它的弱點，即使是動不動就喊打喊殺的岩谷組，也一定有弱點。這是不變的道理。岩谷組也有弱點。」

快動腦、快想，小峰命令自己。他能為村瀨、鈴木以及鈴木留下的家人辦到的只有這件事。在道上打探消息的期間，有沒有聽到關於岩谷組的情報？

猴子說過，只要有辦法拿出顯而易見的證據證明岩谷組搶了「七生」的錢，那麼冰高社長也不得不採取行動，否則在道上會掛不住面子。他要怎麼做才能達成這目標。

遠眺西邊的天空，斜掛在JR池袋車站上空的太陽遲遲不肯下沉。小峰隱約記得有誰提過岩谷組。他在燃燒的夕陽下冒汗搜索記憶中的影像。那應該是他們剛開始尋找槍手沒多久的事。

窮凶惡極的長相、靛藍色的條紋西裝、亮澤的深藍色領帶上繡著一朵白百合。小峰想起了一名魁梧的男人。

「北条金融！」

小峰的嘴裡突然冒出專門與暴力團往來的金融公司名稱。猴子疑惑的複述。

「北条怎麼了？」

小峰像是在企畫會議上想到絕妙點子一樣興奮不已。大腦皮層下閃爍著即將成形的主意，雖然還無法完全掌握卻近在眼前。小峰鄭重對猴子說：

「北条社長曾經提到岩谷組亟需用錢。」

猴子煩躁地說：

「那又怎樣？他們現在手上有一億四千萬可享福。」

「在那之後，我問了道上的金錢流向。」

猴子也察覺到小峰意有所指。

「嗯，我記得。黑錢不可能存進稅務局可以追查的銀行戶頭，所以十之八九是鎖在保險櫃裡等風頭過去——那位社長是這麼說的。」

「就是這個！」

小峰忘情地大聲嚷嚷：

「換我們把錢搶回來不就得了！而且那筆錢沾了冰高先生設置的特殊墨水。」

小峰的腦海裡噴出透明無色的霧。當他們撬開塞滿鈔票的公事箱時，村瀨的事務所裡瞬間掛上小小的彩虹。那時候，村瀨和鈴木都還活著。猴子嘲弄道：

「那又怎樣？小峰先生，你難不成要溜進岩谷組的事務所嗎？你倒說說看要怎麼偷走後院保險櫃裡面的東西？這根本是癡人說夢。」

確實如猴子所說的。黑道的事務所為防突發狀態，向來有人留守。闖入以好勇鬥狠聞名的岩谷組大本營，更不可能平安歸來。而他這個外行人又不具備開啟耐火保險櫃的本事。儘管如此，小峰仍不肯放棄。

「話是這麼說沒錯，但我的思考方向沒錯吧！如果說行不通就立刻丟棄，那是絕對生不出好點子的。」

猴子苦笑。

「你也挺死纏爛打的麼！不過，也挺有趣的。在不自覺間，想把所有事情都扯進自己的領域思考。你要知道岩谷組和電影裡的壞公司的等級不同。我家社長的眼光是正確的，你雖是黑道不曾有過的類型，卻意外適合這行。」

猴子的這番話聽不出是褒是貶。然而，小峰一直是藉由如此鍥而不捨的精神來實現電影的企畫。有時荒誕無稽的爛點子會搖身一變成為意想不到的傑作。

承包小型影像製作過活的小峰，在拍攝現場一向沒錢、沒時間、沒才能也沒門道，可是靠著臨場的隨機應變總能度過難關。「縱使是池袋最強的武鬥派也會有方法對付的」，他以此信念為自己打氣。猴子狀似不耐煩地表示：

「天快黑了，我們找個地方喝一杯吧。至於從岩谷叔那裡暗中奪回那筆錢的話題，雖然和《星際大戰》一樣天馬行空，但我奉陪到底。」

小峰腦中浮現眾人揮舞著光劍，於太陽六〇通決鬥的場面。那麼自己就成了路克・天行者，矮個兒的猴子則是韓・蘇羅。

（願原力與我們同在。）

小峰放開生鏽的鐵絲網，將那部電影的經典台詞刻在心上。

□

在正式開始灌黃湯前，二人先到平常的中華料理店填肚子。前往東口風化街的途中，見到岩谷組旗下剝皮店的霓虹燈時，小峰低聲說：

「自從知道他們是幕後黑手後，連看板都叫人生恨。」

猴子笑說：

「確實是。你要在他們店門口撒尿嗎？」

二人坐到店內的老位置上，點了中華涼麵和黑豬肉煎餃。中國人老闆娘送上啤酒時順口問道：

「今天那兩位大美女不來嗎？」

她說的是香月和安格妮絲。猴子替小峰倒酒。

「嗯，我們的工作結束了，所以那兩位小姐不會再來這家店了。」

「天還沒黑就喝酒。你們兩個年紀輕輕要努力工作，不可以惹女孩子哭。」

他們二人似乎被誤會為吃軟飯的了。豐腴的老闆娘背對他們，回到木紋貼皮已經剝落的櫃臺內。

「唉，老娘也希望有錢去『黑夜』玩啊。」

只有一部分的發音和美國人一樣標準。身為中國人的老闆娘似乎也愛賭博。「黑夜」是一個月一次，輪流在池袋三家大型賭場舉辦的賭博活動。這個月二十七日，應該是輪到冰高組的直營店「七生」。

小峰也聽過傳聞。當天晚上的賭資沒有上限，不論輸贏都以現金結算，客人大多是有錢的中國人，而且其中有一半是蛇頭或竊盜團等危險人物。好賭的小峰雖然有興趣，但三百萬圓起跳的門檻高到他根本無法參加。

當猴子瞪大眼睛停下送到嘴邊的杯子時，小峰覺得怪異而詢問：

「怎麼了？啤酒裡面有蟲嗎？」

再過幾年，他對今年夏天的記憶八成是食物很容易混進異物。雖然光是暑熱就已叫他沒什麼好印象了。

「就是『黑夜』了！這是唯一的辦法。」

小峰不曉得猴子在說什麼。

「你在說什麼？怎麼會扯到『黑夜』？」

猴子像是這才反應過來喝乾啤酒，快速說道：

「你剛才說的事情啊。偷走岩谷組保險櫃內容物的計畫。」

光這樣小峰還是搞不清楚猴子想表達的事。

「這次的『黑夜』不是在冰高組的『七生』舉辦嗎？和岩谷組有什麼關係？」

「你錯了，大有關係。你知道『黑夜』為什麼每次都在不同地方舉辦嗎？」

小峰搖了搖頭，於是猴子繼續說：

「事情發生在距今五、六年前，當時還沒舉辦『黑夜』。有天晚上，一家現今已消失的店『九龍』的客人起了口角，分成台灣和大陸兩派。起因好像是對方偷走輪盤籌碼這類無聊的爭執。後來店家見其中一方離開，以為事情已順利解決，卻沒想到三十分鐘後，剛才離開的客人拿著青龍刀回來。雖然最後店裡的員工和日本客人皆平安無事，但有兩名台灣人因這起突擊事件流血過多致死，而客人也因此嚇得不敢上賭場。」

小峰終於明白猴子想表達的意思。剛端上桌的中華涼麵和煎餃完全沒人想碰。他像是自言自語地說：

「所以開始舉辦只聚集危險人物的『黑夜』。將一般客人拒絕在外和每次更換店家也是為了這個原因吧。『黑夜』是給好賭又兇惡的中國人一個抒壓的場合。」

猴子用啤酒潤喉後低聲答道：

「沒錯，特別開辦來隔絕一般日本客人的賭場。不過，就算能賺大錢，又有誰願意管理那種危險的賭場？冰高組只是出借店面一晚，不碰營運。」

小峰點頭表示瞭解。道上的利益和一般社會一樣錯綜複雜。

「我明白了。能與蠻橫的中國竊盜團匹敵的組織，真要說的話，只有池袋最強的武鬥派岩谷組而已。因此，管理『黑夜』自然是岩谷組的權利。」

「就是那樣。所以說，只要你在『黑夜』贏個一億，便能掏空岩谷組的金庫。到時缺錢的岩谷組勢必得吐出暗藏的錢。」

猴子的眼睛興奮得閃閃發光。他把話一口氣說完後，視線落在桌上。盤子裡的涼麵整個發脹，煎餃的皮也變得像舊輪胎一樣硬。當他們在高談闊論的時候，沒發現有道非跨越不可的障礙，擋著不讓他們給岩谷組難堪。小峰抬頭看著猴子。

那是全世界賭徒經年累月努力追尋的方法，但遺憾的是還沒有成功之士。猴子喃喃道：

「如果想給岩谷組好看，就得找出逢賭必勝的方法，否則混進『黑夜』卻敗戰而歸，只會肥了他們的荷包。」

小峰完全認同。

「嗯，要是那樣，死去的村瀨和今天被殺的鈴木也無法瞑目。」

□

從古至今有無數前人想出的賭博必勝法，接受歷史的考驗。小峰因為喜歡閱讀賭博相關的書籍，所以當場想到幾個招數：應用數學的或然率找出數字出現的法則、除了氣勢和毅力外，沒有任何根據且有待商榷的精神論、幾乎是鬼扯的神祕學，但無論哪個號稱「逢賭必贏」的招數，都只是紙上談兵，而非實際在賭場測試能存活下來的方法。

首先，發現真正必勝法的人幹麼告訴其他人，自己一個人偷偷發財不就得了？再者，如果必勝法真有其事，而且鬧得人盡皆知，賭場方面也必定會拿出對策。告訴別人最後只會讓自己的發現泡湯。

小峰吃著冷掉的煎餃，對猴子說：

「難喔！如果真有必勝法，全世界的賭場一個晚上就破產了。話說回來，『黑夜』有特別的遊戲項目嗎？」

猴子搖頭否定。

「我不是很清楚，但應該是『七生』原有的種類。」

時常光顧的小峰只聽他這麼說就知道了。那間賭場只有吃角子老虎、百家樂和輪盤。吃角子老虎完全是碰運氣，與必勝法最無緣。它是為普通人設置、花一點小錢就能享樂的賭具。這看拉斯維加斯的賭城就知道了，中吃角子老虎的多是平常不賭博的家庭主婦和退休教師。

剩下百家樂和輪盤。聊到賭場的必勝法，終究不外乎是這兩個項目。如果是國外的大型賭場，還會有幸運之輪、二十一點、和名為CRAPS的骰子遊戲，但日本的賭場說來還是以百家樂和輪盤為主。

小峰本身專攻百家樂，所以不是很瞭解輪盤。冷靜想想自己數年來賭海浮沉，實在很難相信百家樂有必勝法。而自己在賭場見到的客人也多半輸輸贏贏沒個定數，只是描繪出時急時緩的下降趨勢線罷了。

猴子對愈來愈沉默的小峰說：

「難得走到這一步，還是得放棄。既然沒有勝過岩谷組的保證，參加『黑夜』也只是白費功夫。很遺憾，這個點子只能付之東流了。再說，小峰先生，賭資該怎麼辦？要贏回一億，需要多少賭本？」

用簡單的算式在心底算個幾遍後，小峰有了答案。

「如果只賭在一把上，二倍賠率的百家樂就需要五千萬，至於輪盤從二倍到三十六倍的賠率則需五千萬到二百八十萬，才能贏得一億圓賠彩。但這只是腦中的計算，實際上根本下不了手一把賭五千萬，會神經錯亂。」

小峰在多數情況是配合運勢，以一枚至十枚五千圓的籌碼增減下注。在沒有十足的把握下，一把賭五千萬根本是瘋了。他不認為自己有那麼好的膽量。猴子賊笑問：

「坦白說，你是不是想動用先前提過的那筆錢？」

猴子直捅小峰的痛處。他能動用的錢，只有剛匯入的新電影製作費。額度為六千萬圓。可是一旦動用那筆資金，便等同利用職務之便侵占公款。一旦輸掉那筆錢，小峰不光是再也不能在影視圈工作，還會遭處五年以上的有期徒刑。他不情願地承認：

「或許真如你所說。但若沒有必贏不輸的方法，我是萬萬不可能動用那筆錢的。更何況那不是我的錢。」

小峰想起工作人員的臉——製片的駒井、已交初稿的編劇、老交情的攝影師、預定演出的女友秋野香月。那筆錢屬於所有夥伴，只是先寄放在他這裡而已。他的酬勞輸了倒無所謂，可是絕不能全部輸掉。

「唉，就算努力掙扎，也只能到此為止嗎？小峰先生，今晚我們一定要不醉不歸。」

猴子仰望中華料理店油膩膩的天花板。小峰讓不冰又變苦的啤酒流入空空如也的腹中。

□

當晚，小峰和猴子二人光顧了池袋好幾家酒館，但怎麼喝都只是讓小峰的腦袋更加清醒，沒有酒精帶來的飄飄欲仙感。即使席間猴子妙語如珠，小峰仍想著死去的鈴木和他的家人。他對岩谷組的怒氣愈來愈深，滿腦子都是相同的疑問。

（有沒有搞垮岩谷組的方法？）

（有沒有賭場必勝術？）

時間接近深夜二點，他在沒有任何答案的情況下走出第三間店。東京進入八月的夜晚炎熱依舊，所以離開涼爽的酒吧回到池袋街頭時，整條街熱得像三溫暖。小峰和猴子在東池袋分手後，決定繞小路走回鐵軌另一側的要町公寓，順便讓腦袋冷靜一下。此時，他在大樓間沒幾步就可以走完的兒童園地，聽到中氣十足的吼聲。

「混蛋！每個傢伙都瞧不起我！」

有人倒在灌木叢中大叫。那似曾相識的聲音，讓小峰用眼睛搜索，並發現黑白格紋西裝。看來是賭場蟑螂的末永拓司。他雖然落魄，但畢竟是從二十年前的第一波賭博熱潮生存下來的人，甚至可說是池袋賭場的頑石。不過話雖如此，小峰卻從不曾聽取蟑螂拓的意見贏錢過。他抱著「大概和平常一樣不會有任何建設，但反正回去也睡不著」的想法，踏進兒童園地，對著植栽出聲。

「末永先生，是你吧？」

微胖的男人縮著身子，從修剪成圓形的杜鵑花叢後面爬起來。

「原來是小峰先生啊，別嚇人嘛！我以為那些傢伙又回來了。」

蟑螂帶著難為情的表情出現在街燈下。他的左眼周圍有圈瘀青、同側臉頰像嚴重蛀牙似的腫起。

「我也真是的，不考慮自己年紀一大把了還這麼亂來。」

小峰一語不發地點頭。恐怕不是他亂來，而是單方面的挨揍吧。

「末永先生，我有事想問你，你現在方便嗎？」

聽小峰這麼說，末永的眼裡恢復神采。看樣子有好一陣子沒人主動找他說話了。

□

小峰到附近的自動販賣機買了罐裝咖啡，再回到兒童園地。蟑螂拓在深夜無人的園區內，拿鞦韆當長椅坐。當小峰遞上兩罐結霜的咖啡時，末永顯得相當驚訝。

「一罐給你冰敷。」

末永沒吭聲地駝背坐在鞦韆顫抖。小峰搞不清楚發生了什麼事，年過五十的男人竟然因為收到罐裝咖啡而落淚。不知該說什麼的他坐在一旁的鞦韆上。隔一會兒，末永開口：

「你想問什麼儘管問。我真的不行了，淚線變得那麼脆弱，怎麼在賭桌上唬人？」

小峰說出整晚掛在心上的疑問。

「賭博有所謂的必勝法嗎？」

蟑螂拓受不了地回答：

「那是初學者才會問的問題，對此我只能回答沒有。小峰先生，你到底想問什麼？」

小峰蹬了地面一腳讓鞦韆擺盪。賭博沒有所謂的定論，一切僅限於個別的勝負。如果要請教蟑螂拓的建議，就不得不表明這次事件相當的內情。小峰霎時把心一橫。

「我有一場絕不能輸的賭局，需要一晚贏得一億。」

蟑螂拓的反應顯得相當冷靜。

「那是不可能辦到的事。」

不出所料的回答，但蟑螂拓接著說：

「不過我得回報這兩罐咖啡的人情。你要賭什麼種類？」

「百家樂或輪盤。」

「百家樂絕不可能贏得一億，能一注就大中的應該是輪盤。可惜以現在wheel和layout分離的桌臺怕是無望了。」

常見分隔成紅黑三十六個數字，加上0與00合計三十八個數字的轉盤是wheel，押注的綠色毛氈桌臺是layout。小峰只見過分離型的輪盤桌。

「還有其他類型的桌臺嗎？」

「嗯，二十年以前的輪盤幾乎都是wheel和layout合一的。」

像在談過去的女友，蟑螂拓恢復精神奕奕的聲音，同時靜不下來地盪起鞦韆。

「當時真是個好時代。我也算是個小有名氣的輪盤賭棍。如果當時你問我這個問題，我包準會笑著回答你確實有必勝法吧。」

這是什麼意思？這個落魄的賭場蟑螂曾經找出必勝法嗎？正當小峰心裡犯嘀咕時，蟑螂拓像唱歌一樣侃侃而談：

「一體的桌臺無法精密調整轉盤的角度或高低，所以珠子的落點容易因桌子擺放的位置和特性而偏移，所以即使是手腕高超的荷官，也無法完全控制珠子。我用的是名為飛燕歸巢的打法。」

小峰頭一次聽到必勝法。蟑螂拓加大鞦韆擺盪的幅度。

「進入目標賭場的第一天別下大注，押一點錢拉長時間，趁機觀察桌臺的特性和荷官的本領，最後再輸個二十萬，假裝負氣離開。隔天才帶著本金到賭場大撈一票，懂嗎？」

末永盪著鞦韆笑說：

「把整捆百萬鈔票放在桌上，要求更換上限的籌碼。接下來才是勝負關鍵。荷官必定把昨天輸到脫褲的我視為肥羊，所以已經弄清桌臺特性的我會毫不客氣地下注。一晚二小時進帳五百萬也不是沒有過。二十年前的五百萬是筆大數目，可以買下鄉下的便宜公寓。」

小峰忍不住出聲詢問。

「這個必勝法已經不能用了嗎？」

蟑螂拓的聲音頓時失去活力。

「不能了吧。現在賭場的桌臺全是分離型，不但仔細調整過桌臺高低和角度，也提升了轉盤本身做工的精細度。幾乎每張桌臺開出點數的機率都和數學的或然率相當。人怎麼可能掌握隨機出現的數字。任誰也辦不到。至少，我無法掌握……」

蟑螂拓表情若有所思地停下鞦韆，嘴裡還不斷碎唸。

「不過……那傢伙或許可以辦到。只是天曉得呢，最近都沒聽到他的風聲，不知道他現在在什麼地方，又在做些什麼……」

「真有這麼厲害的賭棍嗎？」

「嗯，就是有這麼一個了不得的男人。在大鬧全日本的賭場和海撈上億後，成為活傳奇的傢伙。我和他搭檔過一段時間。別看我現在這樣，我當時也是號人物。」

小峰吸了口氣，打聽傳奇的名字。蟑螂的聲音響徹深夜的兒童園地。

「那傢伙的名字叫阿部賢三，大家都喊他斷根的阿賢，因為他去過的賭場地板總是寸草不留，連最後一枚籌碼都要拿走。」

（惡名傳遍日本全國賭場的傳奇輪盤賭棍嗎？如果能延攬他，或許能使岩谷組吃癟。）

小峰原本已半放棄的心，重新燃起希望的燈火。蟑螂不曉得是不是想起全盛時期的自己，而使勁盪著鞦韆。金屬磨蹭的咿軋聲迴盪在深夜的兒童園地。小峰問：

「那個叫阿賢的男人真的那麼厲害嗎？他到底用了什麼必勝法？」

蟑螂踢響了腳下的沙子，停下鞦韆，然後注視小峰。他的左眼雖然瘀青腫脹，卻重拾了光芒。

「何止厲害！我是靠看穿一體型桌臺的特性賭輸贏，但那傢伙只要是輪盤，哪怕是一體型還是分離型都無妨。天曉得和他搭檔的期間，我有多想偷學那傢伙的招數。」

蟑螂悶哼後露出自嘲的笑容。小峰緊接著追問從方才就想知道答案。

「結果你學到了嗎？」

「我完全搞不懂阿賢的手法。我也是名聲響叮噹的賭棍，竟然近距離瞪大了眼仍看不出他耍了什麼花樣。那傢伙是如假包換的怪物。你知道賭棍使用的伎倆嗎？」

專攻百家樂的小峰並不清楚輪盤的賭法。在他搖頭後，蟑螂拓說：

「首先是觀察我剛說過的桌臺特性，接下來以周邊下注和瞬間下注為主流的進攻法。周邊下注是記住珠子失去力道時固定的動向，預測大概的落點。這方法重視絕佳的記憶力和收集數據。瞬間下注則反過來在荷官宣布下好離手前，瞬間判斷珠子的落點，以敏略的五感和瞬間的判斷力取勝。我認識的賭棍全是依自己的特質擇其中之一挑戰。」

蟑螂踢起腳邊的沙，像是情緒亢奮得無法自抑，一方面反覆嘟噥：

「那真的是個歡樂的好時代……真的是個好時代！」

「末永先生，你說的是什麼時候的事情？」

「當然是第一波賭博熱的時候啊。那已經是二十年以前的事了。判斷桌臺特性、周邊下注和瞬間下注對阿賢來說簡直易如反掌。就我所知是無人能出其右。而且珠子的旋轉、速度、轉盤的傾斜、轉盤格子的做工、格子間隔的高度或材質等數十個地方都是他觀察的重點。那些我大半不懂，就算我一直近距離地觀看。」

小峰不禁佩服人們對賭博灌注的熱情。不單純只為錢，賭博就是有魔力讓一個成年人廢寢忘食。蟑螂繼續說：

「可是，過於出眾的才能必定會遭到摧殘。那傢伙在東京所有賭場戰無不勝，但也因為贏得太過火，漸漸有賭場禁止他出入。在無奈之下，他只好出遊日本全國的賭場。可是他每去一個地方謠言就傳得愈火，讓他漸漸失去能夠發揮本事的地方。聽說到最後那段期間，他和黑道聯手到賭場踢館。明明一個人能贏的賭局，卻要借用黑道的力量，你說可不可憐。」

蟑螂拓愈說愈小聲。依據他的說詞，最後進不去任何一家賭場的阿賢，靠著地頭黑道的面子硬闖進店裡，再和黑道對分正當贏來的錢。

「不過話說回來，我看過阿賢從賭場消失前的那場勝負。那真的很精彩，堪稱傳奇。地點在赤坂的賭場。年紀尚輕的店長仗著自己也是荷官出身，而瞧不起賭棍。他認為就算阿賢再有名，只要設下對賭場有利的條件就不會輸，於是不以為意地接受挑戰。他限制阿賢一局只許押三注，也要求他在珠子停止前六圈就得下好離手，禁止瞬間下注，這些說來極其嚴苛的條件。」

設下這樣的規定根本不會有尋常客人上門光顧，因為那是對賭場絕對有利的條件。坐在鞦韆上的小峰不由得向前傾，他自己也知道自己的聲音有多沙啞。

「結果如何？」

蟑螂拓露出被香菸染黃的門牙。

「贏啦！當然，一開始阿賢也不禁陷入苦戰，可是當他掌握步調後，就沒有荷官能阻止他了。在一個半小時賺了六十萬後，他就悠哉地離開賭場。那是我最後一次見到他。」

「他現在在做什麼呢？」

蟑螂搖頭。

「不得而知，有太多版本的謠言了。有人說他在某處億萬豪宅逍遙自在的生活，也有人說他在國外賭場流浪，或準備開辦博奕學校等，反正就是眾說紛紜……」

小峰支吾其詞地詢問末永。

「其他還有哪些說法？」

蟑螂壓低聲音。

「捲入黑道鬥爭，被沉到東京灣。據說阿賢就像輪盤的珠子，噗通一聲落海。」

小峰感到洩氣。

「是嗎？他有可能已經不在世上了啊！」

末永又高高邊起鍬鑼。他的聲音似警報忽遠忽近。

「可是啊！我不相信那傢伙已經嗝屁了。他那個人做事謹慎，絕對不會胡來。更何況，他的運氣絕佳。這是賭徒出名不可或缺的條件，證據就是那傢伙在第一波賭博熱的期間，從未被條子帶走。你說這種人怎麼可能死在黑道手上？」

傳奇的賭棍阿部賢三。小峰實在想見那男人一面。想報復岩谷組的心情自是不在話下，但更多是身為賭博同好想確認傳說是否為真的心思。現在，輪到小峰吐實了。

「末永先生，能不能請你暫時當我的顧問？」

這突如其來的要求使蟑螂雙眼圓睜。小峰鐵了心，從頭說起今夏以「七生」假搶案為序幕的池袋紛爭。

□

在與末永道別踏上歸途後，小峰忍不住打給猴子。他腳步輕快地走在池袋大橋。陸橋上的風在炙熱的夜裡仍屬涼爽。左邊垃圾焚化廠的煙囪宛如刺向夜空的白骨。電話那頭傳來猴子不悅的聲音。

「這麼晚了，有什麼話不能明天說嗎？」

小峰興奮地表示：

「我找到了！」

「找到什麼？」

「賭博的必勝法，就是搬空岩谷組金庫的方法啊！」

猴子壓根不信。

「小峰先生，你醉了，我們才剛在酒吧分手。別做那種無聊的夢了，快點睡吧。我已經到家了……」

小峰打斷猴子的話，輕聲說：

「我打聽到一個傳奇的輪盤賭棍，名叫阿部賢三。聽說他在全國賭場贏的錢不只上億。」

猴子想了一會兒。

「……沒聽過這名字。若真有如此大名鼎鼎的人物，照理說池袋的賭場也會有所風聞。」

「嗯，我也是剛從賭場蟑螂那聽到的。但我們不知道是正常的，阿賢活躍在二十年前第一波的賭博熱潮裡。」

「我出生前的事情嗎？全盤聽信蟑螂拓的話不會有問題嗎？」

的確，小峰聽從末永的建議時，不曾在賭場遇過好事。就算手氣順，百家樂的結果也總是大出意料之外。

「你擔心是正確的，可他那怪物般的實力似乎不假。如果能借用那男人的力量，或許大有可為。到時我們不但能藉著『黑夜』淘空岩谷組的金庫，說不定還能揪出他們搶奪『七生』營收的證據。你不覺得很棒嗎？」

小峰的興奮難以感染只把賭博視為工作的猴子。就算他提起傳奇賭棍的豐功偉業，猴子也沒反應。最後猴子耐不住性子地問：

「說吧，那個傳說中的傢伙現在在哪裡？」

小峰不甘願地承認。

「還不知道。」

「假設我們真找到他好了，你要怎麼說動那個腰纏萬貫的傢伙？對手可不是傳說，而是池袋真實存在的第一武鬥派。那個男人有什麼理由來淌混水呢？」

小峰無言以對。猴子雖然只是冰高組底層的小混混，腦筋卻動得很快。

「我明白了。不管怎麼樣，賭場蟑螂的末永從明天開始加入我們的搭檔。」

「你說啥？不准你擅自作主！你把社長當成什麼人了……」

「有什麼事明天再說，就這樣。」

小峰掛掉手機切斷猴子的哇哇大叫。在不知不覺間，他已經走過ＪＲ池袋車站的西口來到山手通。即使在深夜，山手通的車流量仍與白晝無異，每當號誌轉為紅燈，路口就會被整排的車尾燈染紅。小峰愉快地望著這深夜裡壅塞的交通。

□

夜裡從街頭望去可見公寓明亮的入口，那是小峰所住的要町套房公寓。當他踏上大門第三階時，背後有男人和他搭話。

「你是小峰先生吧？」

小峰全身僵硬，這喚醒他在假搶案那晚遭冰高組成員架走的回憶。他怯生生地回頭，見到三個男人站在暗巷前。冰冷的血液在他認出三人的黑色露眼編織面罩時，瞬間從身體退去。他覺得自己必須開口說句話，不然會忍不住尖叫。

「有什麼事？」

沒有人回應。此時，站在中間、矮歸矮卻有寬厚肩膀的男人舉起右手。小峰反射性地用雙手護住頭部。

「咻！」

男人的左拳隨著短促呼聲，刺進小峰的腹部。右手是明顯的假動作。男人似乎經過拳擊基礎的鍛鍊。他利用身體的那一擊截斷小峰的呼吸，讓他的身體凹成く字形，再對準他雙手間的空隙專打腹部。

「咻！咻！咻！」

和練習打沙包時一樣準確的左右勾拳，從頭到尾一拳也沒揮向門戶洞開且最脆弱的頭部。小峰的肚子裡像是被燒得火紅的石頭砸到，又遭到石頭的同伴接二連三的撞擊，使痛覺不是由外，而是從內一直衝擊著平時不曾意識到的內臟。

小峰在意識逐漸模糊中思考。

（這幾個人是專家。不在表面看得到的地方留下傷口，徹底給我一頓教訓。他們應該無意殺我，只是想挫挫我的銳氣。這些人相信人心是可以抹滅的。）

再也站不住的小峰將身體縮成一團倒在殘留白日餘溫的柏油路。攻擊也順勢從拳打變成腳踢。三人夥同一氣避開要害，對著他的大腿、肩膀、後背、腰又踢又踹。

「搞屁啊……」

聽見小峰最後的咕噥，三個男人在露眼面罩下笑著，繼續踹著他昏厥無力的肉體。

□

小峰睜眼看見拂曉碧藍的晴空和框著天空的綠葉。那三個人把昏過去的他丟在公寓入口的狹長花壇中。他躺在綠意間，感覺全身彷彿只剩一顆心臟。每次跳動，慘遭痛毆的身體都會發出熱痛來警告他。

他必須用盡全副的意志力才能起身走出樹叢，並氣喘吁吁地坐在入口的階梯。但繼續坐在這裡似乎會暈過去，所以他不敢休息地站了起來，扶著牆壁好不容易搭上電梯。到了三樓，電梯門打開接續晨曦中筆直的長廊。夏季清晨的空氣雖然清新無比，可是小峰卻沒有品嘗的餘力。他住的三〇六號室是第六道門。平時閉眼都能走到的十公尺成了要命的苦行。

攻擊他的三個人當中，有一個專門用腳尖死命地踢他的大腿，使他的大腿腫脹，寬鬆的棉褲也因此被撐得鼓鼓的。每向前踏一步，都必須兩手扶著大腿，如此反覆，才得以接近自己的房間。

進入屋裡後，小峰從狹窄的走廊開始，邊脫衣服邊往浴室去。他打開蓮蓬頭，裸身站在鏡子前。他的身體到處都是青、黃、黑三色的挫傷，臉則毫無傷口。雖然臉因為全身的傷勢呈現發燒般的氣色，但至少沒有顯眼的外傷。這是專家送上的溫和警告吧！小峰的怒氣勝過全身的疼痛，讓他忍不住狠敲洗手台。

「可惡……岩谷組那些傢伙。」

就算沒有證據，小峰也知道攻擊他的人是岩谷組的手下。為的是他和猴子找出鈴木、揭穿假搶案內情，而在鈴木已死的如今，警告他不准再介入此事。至於自己之所以保住這條小命，全是因為「冰高組客人」這個半吊子的身分保護了他吧。

淋浴的熱氣掩住眼睛泛著紅光的小峰。那是不甘（儘管已經死了二個人，警方的搜查仍沒有一點進展）、憤怒（自己即使遇襲，仍得礙於假搶案一員的身分而無法報案），以及害怕（只要稍有反抗，搶走所有錢的岩谷組便會索性毀滅對手）的淚水。

和他們鬥是存活者的義務。不過，自己若是就此捲起尾巴、緘口不言，或許就不會再碰上這樣的境遇。小峰的肌膚周圍彷彿感到戴著露眼面罩的拳擊手反覆揮出勾拳的風聲，而且光是這樣他的腹部就痛得快要抽筋。他在蒸汽裊裊的浴室裡嘟噥：

「事情不會就此結束……怎麼能善罷干休呢？我絕對要搞垮你們！」

他的聲音愈來愈大，像唸咒語般重複同樣的話。

「絕對要搞垮你們……我絕對要搞垮你們！」

他一拳擊向鏡子旁邊的磁磚，卻沒在白磁磚上留下半道傷痕。

□

手機的鈴聲在夢與現實間響個不停。

不知不覺躺在沙發床睡著的小峰，昏昏沉沉地聽著鈴聲。要移動沒有一寸不痛的身體，需要相當的勇氣。當他的手伸向一旁桌上的手機時，差點因肩膀的疼痛而尖叫。

「喂……」

「喲，是我，齊藤。你感冒了嗎？聲音好沙啞。已經下午二點了，你今天打算做什麼？」

猴子似乎安然無恙。岩谷組也不希望動盟兄弟的組員，而使事情演變成全面性對抗戰吧。小峰啞著聲音說：

「我遇襲了。昨天晚上被岩谷組的三名打手圍毆。」

猴子緊張地問：

「你在醫院嗎？」

「不，我還能動。他們完全沒在眼睛看得到的明顯部位下手，顯然是略施薄懲，威脅我別再繼續扒糞。」

猴子沉聲說：

「至少證明我們調查的方向是正確的，所以對方開始慌了。小峰先生，怎麼樣？你要就此收手嗎？」

小峰躺在床上仰望天花板。心裡想著別幹了繼續睡吧，嘴巴卻說出完全相反的話。

「開什麼玩笑，在讓岩谷組吃癟前，我絕不打算放棄，否則我豈不是白白挨揍！」

猴子冷笑說：

「換個想法，對方沒要你的命，你就該覺得走運了。你連撿回的這條小命也要押下去嗎？真是賭性堅強。」

小峰和猴子約定會面討論的地點、掛斷電話後，馬上按下昨晚才輸入賭場蟑螂末永拓號碼的速撥鍵。蟑螂拓應該也在等他的聯絡。

□

天色明亮如晝的八月下午四點，小峰沿著扶手走下賭場「七生」的樓梯。因為距離開店還有一段時間，所以黑色玻璃的自動門是開著的。他通過成排的吃角子老虎機，往裡面百家樂的桌子前進。在賭場角落賭注最高的桌邊，已有三名男人在等他。猴子、蟑螂和過去這家店的店長，而今淪為打雜的平山。

蟑螂以視線上下打量他。

「小峰先生，你被修理得滿慘的。」

應該是從猴子那聽說他遇襲的事。但說這話的末永，左眼還留著微微消腫的瘀青。猴子取笑道：

「好像只有我毫髮無傷。你竟然想以這些成員對抗岩谷組，我看你的精神也不太正常。」

繃帶將平山左肩中槍的整隻手臂固定在身側。小峰左傾著身體坐在椅子上，因為右邊屁股有一大塊瘀青，無法正常坐下。他沒理會猴子的玩笑話問道：

「平山先生，你從事荷官幾年了？」

撇開肩傷不講，也許是因為醫院規律的生活，平山的臉色變得比以往紅潤。他以賭場工作人員隱藏情感慣用的語調說：

「大概有二十五、六年了吧。」

「那麼你在第一波賭博熱的期間，聽過阿部賢三這位輪盤職業賭徒的名字嗎？聽說他的本事高強，在全國賭場狂撈了上億的錢財。」

蟑螂拓插嘴。

「他有個響叮噹的名號叫『斷根的阿賢』，你應該知道他吧？你當時在哪家賭場？」

平山望著虛空想了想才開口。

「我那時在川崎的賭場。經你這麼一說，我好像聽同事說過阿賢的傳聞，可是和小峰先生口中的描述不太一樣。」

什麼意思？小峰要平山繼續說下去。

「我年輕時聽到的職業賭徒阿賢，沒有如此高超的本領，反而是使用齷齪手段的爛人。他會在下注時找店家麻煩、在不爽時出爾反爾收回所有先前押的籌碼、或是怪罪賭桌，是個為求勝利不擇手段的卑鄙賭棍。」

猴子聳肩向小峰送上譏諷的眼神。蟑螂口中百戰百勝、有如輪盤之神的賭棍，和平山耳聞貪婪、為求勝負不擇手段的三流職業賭徒。到底哪個才是真正的阿賢呢？蟑螂拓激烈反駁：

「一派胡言！那是小賭場的荷官道聽途說來的故事。阿賢才不是那種不入流的賭棍！」

猴子雙肘靠在百家樂的賭桌上，十指交扣。

「天曉得。我認識幾個職業賭徒，他們大多不是什麼好東西。末永先生，那個阿賢是不是你吹的牛皮？要是你沒有真憑實據，就想從我們這裡分一杯羹，我可不會善罷干休。」

猴子冷酷地注視著末永，使他低頭噘嘴。

「我沒騙你們。我也就算了，但阿賢是貨真價實的賭棍。如果要賭一把大的，絕不能少了他的本事。」

平山搭嘴諷道：

「是啊，希望那傢伙的本事有你說的這麼高超，也沒有在這二十年間退步囉。」

蟑螂以眼神向小峰求救。

「話說回來，『黑夜』的輪盤賭注真的沒有限制嗎？」

和百家樂或二十一點不同，輪盤的賠率高達三十六倍，所以多數合法店規定一格數字最多押注二千萬。小峰好奇看著猴子，猴子煩躁地回應：

「聽說是這樣。我再向岩谷組的人探口風。那麼，接下來該怎麼辦？」

小峰看了看所有人。挨揍而眼睛腫起的落魄蟑螂、肩膀中槍的前店長、冰高組伶俐卻軟弱的一般組員，外加自己這個沒有半點才華的導演。想靠這幾個成員撼動池袋暴力團中數一數二的武鬥幫派岩谷組，簡直是癡人說夢。他挺直背脊，腰部的痛楚讓他皺著臉。

「只有在『黑夜』贏錢，才能殺得岩谷組措手不及。我不知道阿賢是否真如末永先生所述，但我願意賭那男人身上。下一個『黑夜』正好是一個星期後。我想在這段期間找出阿賢。末永先生，你有線索嗎？」

比起平山和猴子的臭臉，蟑螂倒是為了睽違的工作，春風得意地點頭答腔。

□

太陽下山，在平山回到賭場打雜的工作崗位後，三人搭乘猴子的寶獅由池袋往赤坂。依據末永表示，東京有二、三間賭棍和賭場蟑螂匯集的店。猴子轉進TBS旁的一木通，兩旁大樓餐飲店的招牌從低樓層連綿到高樓層的夜間街景緩緩流過。當末永在降下頂篷的敞篷車後座東張西望時，猴子語帶譏諷說：

「一次載三個大男人真是糟蹋我這輛車了。末永先生，找到那家店了嗎？」

「我不確定，赤坂變了不少，全是我沒看過的店。能不能麻煩你停在那家外帶便當店的轉角？」

末永沒等寶獅停妥，便跳下車衝進巷子裡。招牌格紋外套的背影也跟著消失在視線。猴子此時表示：

「那位大叔拿出幹勁了。我頭一次見到他那麼有活力。」

不曉得是不是慘遭痛毆後開始出熱的緣故，小峰精神恍惚地點頭。然後，末永揮著手從暗巷歸來。

「喂——在這裡，你們快點下車。」

猴子大搖大擺將寶獅停上鋪磚的人行道，和小峰一同走到末永等待的店門口。在這條狹小的巷道中，腳邊到處都是貓飼料與觀葉植物的盆栽，還有一整排讓人無法聯想這是赤坂的破舊小店。

經風吹雨打而泛白的門中央，張貼著會員制的告示板。門口則有裝了燈飾、寫著「幸運」的招牌，以及枯萎的棕櫚盆栽並排著。大小不到二公尺寬的小店，哪裡稱得上幸運呢？末永開門，猴子和小峰跟著他走進去。裡面只用鎢絲燈照明，和荒僻的半套店一樣昏暗。

「老闆娘，好久不見。」

當蟑螂對著櫃臺裡面打招呼時，轉身的是一名年齡不明的男人。他臉上畫著濃妝，像是要蓋住深刻的皺紋。亮麗的棕髮和披在肩上的橘色羊絨圍巾遮住了他乾癟的頸部。老闆娘用粗獷的聲音說：

「啊啦，末永弟，好久不見了。什麼風把你吹來的？還帶了這兩個可愛的小弟弟。來來來，弟弟們，坐在櫃臺邊吧，我不會把你們給吃了。」

當小峰和猴子四目相覷時，蟑螂用眼神安撫兩人，要他們稍安勿躁。小峰望著眼前的酒櫃。白蘭地和威士忌等蒙塵的洋酒下層，排滿客人寄放的燒酒。這樣子的酒館會有傳奇賭棍的線索嗎？他發燙的頭更痛了。

他們坐上凳子後，末永傾身靠著櫃臺說：

「老闆娘，你最近聽過阿賢的消息嗎？我們非得找到他不可。」

被稱為老闆娘的濃妝老人，張著五指貼頸並做作地驚呼：

「哎呀，真是稀奇，日前也有人問我阿賢的行蹤。」

燈泡的光粒悠悠穿過窄小的酒館，透露出猴子神色上的變化。小峰於是問：

「對方是什麼人？」

「這個嘛，到底是哪位呢？你們三個該不會完全不打算叫酒吧？」

小峰他們在無奈之下選了飲料後，老闆娘擺出三只玻璃杯，用手拂去白蘭地瓶身的灰塵，將酒注入杯中，也不忘替自己倒一杯。待白蘭地的芳香充滿口腔時，他才微笑說：

「對方是末永弟也認識的人。新宿的賭場蟑螂小浩。」

猴子的忍耐似乎已到了極限。他以隨時會衝上前揍人的表情，狠瞪櫃臺內。

「你這小子是怎樣？本店賣的是酒，不是老娘的長舌。」

老闆娘不客氣地回嘴。末永見狀連忙打圓場。

「別那麼說啦，快告訴我們宇都宮說了些什麼？」

老人笑笑地說：

「我不記得了。」

「什麼！你要我們啊，臭人妖！」

猴子粗聲說。小峰趕緊搭著他的肩膀，附耳低語：

「你先回車上吧，我們很快就結束了。」

等猴子踹門離開後，小峰對老闆娘說：

「我們家的年輕人冒犯你了，雖然稱不上賠禮……」

他從外套暗袋的錢包掏出一張萬圓鈔票放在櫃臺上，往老闆娘的方向推。濃妝老人瞇眼注視小峰。

「抱歉害你感到不愉快，但能不能就你所知的，告訴我有關那個新宿蟑螂和職業賭徒阿賢的事？」

老闆娘像是拿起骯髒的菸灰缸似的，取走小峰的萬圓鈔，終於展眉笑道：

「好吧，我討厭沒耐性的年輕人。如果你答應我今後還會來這家店的話，我就告訴你。」

老人從櫃臺伸出右手、豎起小指。小峰苦笑著將指尖勾住老闆娘因工作刷刷洗洗而變得粗糙的小指。於是老闆娘說：

「小浩是這個月初來我們店裡的。他興奮地說是找到優質的贊助商，要讓阿賢重回舞台。不過，他沒告訴我詳細的內情，接下來全是我聽來的。」

末永朝小峰點點頭。小峰以視線回應。老闆娘繼續說：

「雖然不是很確定，但我聽說阿賢現在仍住在新宿附近的某棟大廈頂樓。你們自己去找吧。」

小峰的脈搏加速。傳說中的賭徒還活著。

「阿賢真那麼有本事嗎？末永先生說的話，叫我有點不敢置信。」

老闆娘喝光白蘭地後，仰望著天花板。藏在圍巾下的脖紋好比項鍊般層疊。他落寞地說：

「說厲害是很厲害。我是從二戰戰火中生存過來的，像阿賢那樣的男人卻是屈指可數。不過話說回來，職業賭徒有兩把刷子是應該的。賭博不可或缺的，除了本領、膽量、聰穎，還得外加運氣。這些全盛時期的阿賢都有。當我這麼說時，現在的年輕人總會笑：為什麼這麼有本事的傢伙會遁世隱居？這種人應該努力撈錢才是。這點，末永弟想必很清楚原因。」

蟑螂點頭默認轉到自己身上的話題。

「我認識的五名賭博天才，除了阿賢以外，其餘的全死了，而且他們多不是壽終正寢。賭博就像煙火，不管多絢爛，都是轟轟烈烈的綻放，冷冷清清的消失。現在氣勢如虹的年輕人完全不及阿賢的能耐，也沒有一個人能好端端地存活下來。不是像我這樣開店；就是像永末弟這樣自己不下注，反靠吃紅過活；再不然就是做回正經行業，頻頻提起當年勇。因為沒本事的賭棍都是死人。死人在賭百家樂、死人在賭輪盤、死人在虛張聲勢。笑吧，笑那些雖生猶死的人。最後成功抽身的職業賭徒，我只認識阿賢一個。」

老人的妝容出現預言家般的威嚴。他最後說：

「我既然收下一萬圓的籌碼，就得付出等值的回報。不管你聽得懂也好，聽不懂也罷，都乖乖聽著吧。成功不是在某一刻贏得多少，而是能永遠贏下去。能贏到最後的人才是贏家。要成為勝者，就必須贏到死為止。如果你辦不到，我勸你別賭。」

老闆娘直視著小峰的臉。不像是人類的聲音迴盪在昏暗的酒館裡。

「你另有長才，真想一決勝負的話，回到那個不管輸贏都能化為自身血肉的領域再賭。賭博輸了就是零，你只會橫死在這裡。」

□

小峰和蟑螂拓留下害臊卻謊稱醉了的老闆娘，走出「幸運」。在店裡度過的時光令小峰覺得恍如春夢。蟑螂看著若有所思的小峰說：

「怎麼樣？很了不得的老闆娘吧。別看他現在這樣，他在當時可是了不得的賭棍。如果我們再待久一點，說不定能聽到他拿房契豪賭的故事。東京的賭棍和蟑螂就是仰慕那位老闆娘的人品，而聚集於此。當然，隨之而來的還有情報。」

小峰詢問昂首闊步的末永。

「你打算怎麼做？找遍新宿的大廈嗎？」

「不需要，我心裡有譜。我們到賭場蟑螂浩二的新宿老巢試試，那傢伙肯定先幫我們找阿賢了。」

他們坐上猴子無聊等候的寶獅。三人一同離開一木通，由青山通往新宿方向前進。

□

三人把車停在新宿區公所後方的停車場，然後徒步走在夜裡的歌舞伎町。猶如好不容易等到狩獵時間的夜行性動物，在此出沒的人叢不是赤坂可以相比的，站在街角拉客的業務與霓虹的數量也差了一個位數。帶頭的末永熟門熟路地穿越大街小巷，走過林立著撲克咖啡、成人影帶等店的街道，最後抵達一家大型電玩遊樂場，店面的燈火如白晝般輝煌，招牌上吊著身長五公尺的金剛。

「就是這裡。」

末永轉頭跨進自動門。一踏進店裡面，PARA PARA舞的重低音像榔槌敲著小峰的胸口。他在末永背後高呼：

「這裡全是年輕人，看起來不像是賭徒會來的地方。」

蟑螂轉頭咧嘴一笑。

「凡事都有背地裡的一面，跟我來。」

末永經過自行車、滑雪、雪板、釣魚和初階的體感遊戲，直往店裡走去。一對國中生情侶站在大頭貼機臺的布簾內接吻。猴子丟了個受不了的眼神給小峰。通往洗手間的走道，在遊樂場角落張著明亮的大口。

末永敲了敲走道盡頭標示著「非工作人員禁止進入」的白色防火門。天花板角落的攝影機俯瞰三人，隨即傳來解鎖的金屬聲。當門打開時，末永說：

「這裡是非法賭場，所以在掩護上格外下功夫。」

防火門內是陰暗的樓梯間。延續至地下的階梯只有地燈照明。樓下敞開的入口處垂掛著遮光的帷幕，一進去就是櫃臺。眼神兇惡的長髮男侍隨即表示：

「麻煩出示你的會員證。」

末永從暗袋的名片夾掏出一束卡片，數量約三十張，而且看來每張都是賭場的會員卡。他將其中一張遞給男侍。

「那兩位是？」

末永看著猴子和小峰回說：

「這兩位是我今天帶來見世面的。」

三人往裡面走去，和特種營業法許可的合法店不同，非法店內燈光相當晦暗。當然也不可能花錢裝潢。除了地下室裸露的水泥牆顯得寒酸外，五張賭桌就這麼放置在塑膠地磚上。三張中間一區呈現凹字型的是百家樂的賭桌，二張半圓形的是二十一點的賭桌。客人大概有十五、六人。男女老幼缺乏生氣的形象倒是和合法店無異。末永迅速掃視店內後，和小峰咬耳朵。

「浩二好像還沒來，我們稍微等一下吧。這裡是那傢伙的地盤，一晚至少會露面一次。」

接著末永露出卑微的笑容。

「我們三個人都不下場稍嫌引人注目了點。所以不好意思，小峰先生，能不能預先支領顧問費？」

末永的顧慮是對的。小峰從錢包取了五張鈔票給他。末永稱謝收下後，迅速往位於剛才的櫃臺對面的兌幣處移動。猴子望著他的背影受不了地說：

「完全被蟑螂拓牽著鼻子走，讓我有種不祥的預感。」

確認末永在百家樂的賭桌找到空位坐下後，小峰和猴子移至吧臺。他向另一個滿臉無聊的男侍叫了蘇打調酒，開始小口小口地啜著。

□

小峰確認手錶，時間已接近深夜二點。目前沒有任何異狀。就蟑螂還沒離席的情形來看，他仍用起先的五萬奮鬥中。小峰和猴子一語不發地觀察店內。而末永只要有剛抵達的客人走進來，都會放下手中的牌，抬頭確認是不是自己要找的男人。

小峰的體力逐漸瀕臨臨界點。昨晚遭岩谷組偷襲的傷口又熱又痛。光是張著眼睛坐在椅凳上，身體便沉得像鉛塊。反觀猴子似乎很習慣等待，從他平靜如水的臉上感覺不到內心的一絲變化。

二點過後，穿著白西裝的男人出現在他們眼前。年齡約四十出頭，學早期的民謠歌手隨意留著一頭沒有光澤的頭髮。他眺望店內，發現坐在百家樂賭桌前的末永後，主動走上前。猴子用手肘頂已經昏昏沉沉的小峰。

「快看，八成是那傢伙。」

注意到白西裝男的末永，望著小峰他們的方向點頭。男人和末永在賭桌邊聊了兩、三句後，末永拿了籌碼起身朝吧臺而來，男人也跟在他的後面。八成是贏了些錢，氣色紅潤的末永說：

「這位是宇都宮浩，過去是我的小弟，如今以新宿為據點從事賭場蟑螂。然後，這邊是冰高組的齊藤先生和我的財主，小峰先生。」

白西裝男接口道：

「麻煩說我是HUSTLER（賭徒）啦，末永先生。聽說你們在找阿賢。我勸你們別白費功夫了，那傢伙已經是傷痕累累的古董，完全派不上用場。」

□

小峰他們帶著新宿的賭場蟑螂宇都宮浩二離開非法賭場。深夜二點後，新宿暗巷終於迎向最熱鬧的時候，每五公尺都有人攬客。一行人悶不吭聲地走進風林會館一樓的咖啡店。寬敞的店內滿是一看就知道是道上兄弟的男人們、看不出做哪一行的玩咖，以及從事夜晚工作的女人們。同時店內亦充斥著類似鳥兒一同振翅的嗡嗡聲。他們才剛在四人雅座落坐，末永立刻問宇都宮。

「關於你方才說的古董瑕疵，我問你，你親眼鑑識過阿賢現在的能力嗎？」

宇都宮厚顏無恥地笑說：

「池袋這麼多人口，自然少不了賺錢的生意。不花一毛錢就想從職業的口中挖出情報，也未免太異想天開了。」

宇都宮靠著沙發，悠悠哉哉地察看他細心照料的指尖。末永收到小峰使的眼色後，二話不說地點頭、將手伸進外套暗袋，從自個錢包掏出五張萬圓鈔，放在桌子中央。

「浩二，只要說出來這些錢就是你的。你應該很清楚我這個人同一件事絕對不付第二筆錢，把你知道的全說出來。」

宇都宮收下萬圓鈔，也收起笑容變得面無表情。和坐在百家樂賭桌前同樣，消除感情、不透露心緒的表情。

「事情源於一個月前，我在賭場認識了一位闊少。那位少爺雖然沒有半點賭博的手腕，但是精通電腦。當我告訴他阿賢的故事後，少爺說他想到了一個好主意——在網路創辦賭博學校，找阿賢擔任講師，說是可以大賺一筆。一個人收十萬，一百個人就有一千萬。全國有上萬賭鬼，這將是一門大發利市的生意。」

小峰望著已不冰的咖啡思考。在一晚輸五十萬、一百萬大有人在的世界，花個十萬圓就能習得傳奇賭棍的絕活，樂意當他學生的人數自然不在話下。新宿的賭場蟑螂淡淡地說：

「於是我找上赤坂老太婆的店，打聽阿賢的消息，並且在八月的酷暑中看遍新宿大廈的信箱。」

末永耐不住性子追問：

「找到了嗎？」

「嗯，在我找了二、三十間後。」

「大廈的名稱？」

「區區五萬塊就要我說得那麼詳盡嗎？」

池袋的賭場蟑螂狠瞪新宿的賭場蟑螂。

「別忘了你還欠我一份人情，浩二。」

宇都宮焦躁地耙了耙長髮。

「都已經過十二年了……」

末永沒說話，只是目不轉睛地看著眼前的男人。瞇起的眼睛周圍還留著顏色變淡的瘀痕，同時露出一副「你敢胡言亂語，老子就跟你拚了」的表情。猴子像觀看喜劇似的望著氣勢洶洶的蟑螂拓。沉默持續在四人所坐的餐桌滯留，最後是新宿的賭場蟑螂沉不住氣先開口：

「好啦、好啦。大廈的名稱叫『皇苑新宿』，從新宿御苑前站步行約三分鐘，他家在頂層二十三樓。」

末永徐徐吐氣。

「是嗎？多謝了。」

雖然不曉得兩人之間有什麼過往，但不再肅殺的氣氛讓小峰總算得以從旁插話。

「宇都宮先生，請問阿賢看來如何？」

「不行囉，聽了我的話卻沒半點興趣。你們應該認識賭徒，大家表面雖然再冷靜不過，但內心某處一定留有火熱的一面。我在現在的阿賢身上完全感受不到那種熱度，廢物一個。」

猴子滿臉同情地看著小峰，蟑螂拓則面無表情地望著宇都宮。當小峰想進一步詢問宇都宮拜訪阿賢的詳情時，末永卻表示：

「已經夠了，咱們走吧。」

小峰嚇一跳。

「要走去哪兒？現在已經是半夜三點了。」

蟑螂拓早站起來了。

「無妨，阿賢是職業賭徒。白天再過去反而失禮……」

他又瞇起眼睛惡瞪宇都宮。

「喂，浩二，這一攤由你付。」

小峰三人留下帶著怏怏不樂的神情點頭同意的新宿賭場蟑螂，走出咖啡店。

□

從交通——因計程車和載著年輕人的休旅車——大打結的新宿通，往東邊前進。小峰在吹來舒適夜風的敞篷車上，大聲問後座的末永：

「突然在這麼晚的時間找上門，真的不要緊嗎？」

蟑螂拓扯開嗓子對抗逆風。

「不要緊，我們不是快沒時間了嗎？如果阿賢在這時間睡了，就表示他真的成為浩二口中的古董了。」

猴子將寶獅停在丸之內線的新宿御苑前。右邊是御苑茂盛濃密的綠葉，和對街高樓大廈綿延不絕的霓虹形成反比。不同於JR新宿車站的西口，這附近還沒有太多超過二十層樓的建築物。小峰仰望霓紅照亮的夜空，發現這棟燈火闌珊的建築物比周圍高聳，而且依它的陽臺欄杆來看，這裡應該不是辦公大樓。

「那間對吧。」

在小峰向上指的同一時刻，猴子開車折返新宿通的車流。

兩片玻璃門內，巨大的花瓶和一抱的鮮花沐浴在正上方的燈光下輝煌奪目。看樣子這裡是非常高級的公寓。入口處的地板、牆壁和天花板間，鋪著純白而無縫的大理石。末永走到嵌在牆壁裡的對講機前，輸入住家號碼。他已事先從郵箱確認過二十三樓的房號。

電鈴在無人的門廳響起。三人屏息以待，牆上的話機傳來意外高亢的聲音。

「你好，請問哪裡找？」

末永把臉湊近對講機監視器的黑色小窗。

「好久不見，我是末永，今天來是有事相求。我帶了朋友一起來，能否麻煩你先聽聽我們怎麼說？」

「請進。」

話還沒說完，寬約三尺的的玻璃雙門便無聲地打開。

□

三人獲准進入鋪了灰色地毯、大小約十坪的客廳。高度接近天花板的窗戶對面，是躍於御苑綠意上、絢爛的新宿夜景。冷清的屋內沒幾件家具，除了主角的大型投影電視，就是和室桌和散亂的坐墊。電視畫面放映著深夜播出的西洋片。道奇（DODGE CHARGER）跑車捲起水一般的沙塵疾駛在荒野，是一九七一年的電影《火速狂飆》（*Vanishing Point*）。在小峰眼裡，七〇年代的新電影運動⓱十分老邁。

屋主的阿部賢三坐在像是通販買來的和式合成皮椅上，穿著衣領鬆垮的馬球衫，和露出細瘦小腿的七分棉褲。他看起來約莫六十出頭的年紀，說老不老，卻已了無生氣。白色的短髮到處亂翹。體型和猴子同樣矮小。小峰想像中的傳奇賭棍和坐在面前的瘦小男人之間的落差，簡直要他眼冒金星。當三人在薄薄的坐墊坐定時，阿賢平淡地問：

「我正好要叫東西來吃。這時間你們應該也餓了吧，壽司好嗎？」

他沒等三人回應，就拿起立在和式桌上的無線電話，叫了四人份的特級握壽司。小峰和猴子呆若木雞，只有末永坐姿端正不敢鬆懈，等阿賢放下電話，隨即在榻榻米上磕頭。

「拜託了，賢三哥，請助我們一臂之力，我們有個無論如何都想扳倒的對象。」

阿賢像木雕一樣表情未變。小峰安靜聆聽蟑螂拓避重就輕帶過關係人姓名來說明池袋的事件。猴子冷眼看著這位上了年紀的傳奇賭棍。

十五分鐘後，阿賢開口了。

「你們吃完壽司就打道回府吧。」

末永懇求說：

「不能助我們一臂之力嗎？」

「很抱歉，這事與我無關，況且我已經十五年沒賭了，手腕也跟著遲鈍，沒資格拿人家的錢博輸贏。」

鬧街長大的小峰，兒時常聽鄰居工匠說出類似阿賢現在的話。對講機在這時發出聲響，老人抓著屁股、痀僂的走向由一盞一盞地燈打量的玄關前廊。猴子壓低聲音說：

「似乎白跑一趟了，不過是個老廢物。」

末永抬頭瞬間瞪了猴子一眼。這時阿賢抱著四人份的壽司回客廳。

「這家壽司的料很新鮮，但切太大塊，邊都垂到醋飯下，不怎麼美觀。我現在去泡茶，你們稍等一下。」

在開放式廚房的流理臺上搖著茶罐的阿賢隨口問了一句。

「你剛說的那個將手下二十根手指寄給債主的老大叫什麼？」

末永有氣無力地答覆：

「岩谷……」

小峰注意到老賭棍肩膀一僵、目露精光地暗道：

「岩谷篤信嗎？」

小峰追問：

「阿部先生認識他嗎？」

「何止認識，我和那傢伙有的是孽緣。那傢伙現在剩幾根手指？」

⑰ NEW CINEMA：一九七〇年前後美國興起為求真實，改以外景拍攝為主的電影運動。

小峰遞眼色要猴子答話。

「不曉得，大概是左右各剩二、三根手指吧。」

阿賢輕蔑道：

「那個渾球。人的手指又不是蜥蜴的尾巴，每次牽扯到錢就要斷人家的手指。成為那笨蛋底下的人還真是可憐。」

小峰沒漏聽賭棍話語中的火氣。

「請問您和岩谷是什麼樣的關係？」

「二十年前，我和那傢伙到神奈川進行賭場之旅，與地痞流氓起了衝突時，那渾球竟然丟下我開溜，害我差點被扒光沉入相模灣。嘿嘿！」

隱退的職業賭徒像是想到什麼有趣的事情笑了。他端著茶杯回到桌邊。凌晨四點的屋內，四個大男人悶聲不響地吃著壽司。最快清空飯盒的阿賢，啜著熱茶說：

「能不能把事情再說得詳細些？你們既然敢下大注，應該是有一定的把握。」

猴子起疑地盯著椅子上的賭棍。小峰和蟑螂拓互看一眼，最後由小峰滔滔述說一星期後岩谷組主辦的「黑夜」，及白天他們可以任意使用舉辦「黑夜」的場地，還有他們的目的不只是挖光他們的錢，更包括找出假搶案的證據，動搖岩谷組的根基等。

阿賢聽到身子離開座椅愈來愈向前傾、眼神發亮。

「要掏空岩谷那混蛋的金庫嗎？有意思。」

□

破曉時分，三人走出阿部賢三的公寓，坐上猴子的寶獅回池袋。沾著朝露的濕座椅冷卻了小峰徹夜未眠而發燙的身軀。明治通上只有烏啼和便利超商偶爾經過的物流車。

「找那老頭子真的沒問題嗎？話說回來，反正不是我的錢，管他的。」

猴子緊盯著灰色柏油路和黎明的淡藍色天空。蟑螂拓像是用盡精力地靠著座椅。小峰想到寄放在自己這裡的電影製作資金要挪作賭本時，忽然感到一陣恐懼。一旦失敗，自己便成了盜用公款的罪犯，不曉得要蹲幾年苦窯才能出來？

可是什麼也不做，就注定要背下龐大的債務，一輩子為冰高做牛做馬。他想著死去的村瀨和鈴木，他們等同是被岩谷組殺害的。而那些人不但不費吹灰之力取走賭場的錢，至今仍厚著臉皮掌管池袋街頭。

「事到如今只能硬著頭皮上了……村瀨，你說是吧……」

猴子和蟑螂拓假裝沒聽到小峰脫口而出的話。大樓間狹隘的天空傳來烏鴉傻呼呼的回應。八月東京清晨的空氣彷彿像是加了薄荷糖般，讓小峰的胸口發涼。

□

凌晨五點抵達要町的公寓，猴子和小峰相約過午再碰面後，便駕著寶獅離去。小峰搭電梯上三樓，想要回去補眠。他才踏上仍點著日光燈的走廊，立即看見斜靠在自己門外的盒子——表面亮澤、類似用來裝花的白色紙盒。他邊翻口袋裡的鑰匙，邊彎腰撿起盒子。上面沒有註明地址或收件人。放在耳邊搖晃時，會發出刷刷的乾燥聲響。不以為意的他在掀開盒蓋時不禁兩眼圓睜。

一束三十公分左右的淺棕色長髮捲曲著放在盒中，用橡皮筋綁住被割得參差不齊的上部，髮尾則帶著微微的彎度。小峰一看就知道是誰的頭髮。

（香月……）

他站在門口直接取出外套內的手機，按下秋野香月的速撥鍵。可是不管等多久都沒人接起電話。小峰的腦海浮現她被踩碎的手機。被割下頭髮、弄壞手機的香月本身是否平安無事？他衝回電梯，再次踏上山手通，心急如焚地攔下計程車，並且在還沒坐上車時，就交代司機：

「到月島，麻煩開快點。」

□

秋野香月的公寓，位在以文字燒聞名的西仲通商店街往隅田川方向的月島三丁目，離她工作的銀座俱樂部只有一公尺。後面是堤防的十二樓公寓，因為建造年代久遠，所以沒有自動鎖的裝置。小峰曾嫌危險而要求香月搬家。

他讓計程車停在大門口旁，再自個兒衝進去。電梯爬至十一樓的時間，感覺起來格外漫長。走廊側邊許久不見的門扉，似乎和平常沒什麼兩樣。白色不銹鋼門並無傷損。小峰按下對講機。

「你好，請問是哪位？」

聽見香月安好的聲音，小峰頓時卸下一身的緊繃。

「是我。」

「涉哥怎麼會這時間過來。沒有先聯絡就跑來，真不像是你的作風。」

剛那是其他女性的頭髮嗎？雖然一時感到困惑，但小峰沒有遺漏對講機傳出的聲音，比平時香月說話強而有力。一直以來多次指導香月演技的他，知道香月演戲時習慣放聲念台詞。

「沒事先聯絡，就在這時間跑來是我不好，但麻煩妳開個門。」

在傳來解開門鏈的聲音後，門緩緩開了。小峰首先看到香月蓄滿淚水的大眼，接著才注意到她燙成內捲的鮑勃短髮新造型。她果然被割下了頭髮。小峰清楚感覺到血液從手腳末梢打回心臟，逆流全身。他自己被痛毆時，都沒感到這麼憤怒過。他的身子不住地顫抖。

「對不起，涉哥，我只是不想害你擔心。我沒事，頭髮被割沒什麼大不了的，別放在心上，畢竟我們正在追假搶案的犯人，稍微遇上一點危險也是莫可奈何的事，不是你的錯。再說，這個髮型也很適合我。」

小峰終於擠出溫柔得連自己也嚇一跳的聲音。

「他們有沒有對妳說什麼？」

香月的眼睛首次落下豆大的淚珠。

「他們要我和你問好……還說如果你再打探一些有的沒的，下次就要刮花我的臉……」

小峰只能抱住泣不成聲的香月。他隔著睡衣摟住她纖細的背時，在心裡不停告訴自己。

（搞垮他們……我絕對要搞垮他們！）

湧上小峰眼睛的淚水瞬間被怒火蒸發。

□

當天下午一點後，所有人——小峰和冰高組年輕的猴子齊藤、前店長的平山、賭場蟑螂的末永、與過著退隱生活的傳奇賭棍阿部賢三等五人——聚集在東池袋的賭場「七生」的吧臺前。

阿賢的衣著惹得小峰和猴子四目圓睜。年過六十的職業賭徒由昨天半夜造訪時的七分褲裝扮搖身一變，換上筆挺的土黃色麻質西裝。裡面是布料柔細的白襯衫，搭配藍灰相間的斜紋領帶。阿賢輕觸梳理整齊的頭髮，無法理解地說：

「我這身哪裡奇怪？你們偶爾也會盛裝打扮吧！賭場是男人工作的地方不是嗎？」

他坐上椅凳，背部像貼著直尺般挺直。小峰傻眼地望向猴子，猴子回以苦笑。至於蟑螂拓僅是一個勁地點頭，平山則滿腹狐疑地斜眼看著這位賭棍。在這些人當中，小峰率先開口：

「我們今天齊聚一堂是為了獲勝。在『黑夜』戰無不勝、攻無不克地掏空岩谷組的金庫，是我們的最終目的，而且機率不壞。首先，我們有傳奇的輪盤賭棍、阿部先生為戰友。」

小峰攤開掌心指向阿賢。傳奇的賭棍順勢和左右的人致意。

「還有充裕的六千萬資金，以及基於冰高組的美意，出借給我們任意使用實際用在『黑夜』的輪盤，所以我壓根不認為會失敗。這次的行動純粹是工作，不是賭博。麻煩各位在接下來五天做好萬全的準備。讓我們確實完成各自的工作，扳倒岩谷組。成功後自有豐厚的報酬。」

無人出聲回應，但小峰看得出大家的表情轉為肅然。五人在開店前無人的店內移至輪盤前。阿賢看著兩張並排的賭桌問：

「哪桌的賭金高？」

前店長平山回答：

「裡面那桌。」

賭棍瞇起眼睛撫摸上了漆的光滑扶手、用拳頭梳著像草坪般經過保養的綠色毛氈。

「你是荷官吧，能不能麻煩你轉輪盤打珠？」

平山扭轉附在轉盤前端的金色十字，然後沿著外圍逆旋轉方向丟出象牙製的珠子。三十六個數字加上0和00的三十八個格子平順地轉動。轉盤上的紅與黑令人眼花的不停交替，分隔數字的金屬片拖曳出金色的光輝。珠子落入黑17，又在格子內彈跳了幾次，轉盤才完全靜止。

「再一次。」

前店長丟出珠子。這次停在紅色34。賭棍又要求：

「再一次。」

平山的臉上出現怏怏不樂的神色，並在丟出珠子後抬頭看著小峰說：

「做這種事真能贏過岩谷組嗎？」

象牙珠在堅硬的木材表面滾動，發出近似黎明時遠方高速公路傳來的聲響。阿賢打直背脊站在賭桌旁，凝視旋轉的輪盤。他似乎不只專看一處，而是眺望整體。傳奇賭棍洪亮的嗓音迴盪在無人的賭場。

「黑6、紅21、黑33、紅16、黑4、紅23。」

再轉了四圈後，象牙珠落入格子中。黑4。猴子和平山對看一眼，蟑螂拓靜靜點頭，但阿賢面不改色地說：

「再一次。」

平山使全力旋轉輪盤。轉盤的迴旋與珠子滾動的速度都和先前無法相比。當數圈後，珠子的速度開始減弱時，阿賢開口：

「黑22、紅5、黑17、紅32、黑20。」

這次點名的格數減少至五個。在場所有人的眼睛全盯著逐漸減速的輪盤。珠子落定了，是紅5。四人一同發出讚嘆。猴子吹了聲口哨說：

「這次說不定真的讓我們挖到寶了。」

小峰望著傳奇賭棍的瘦小背影，壓低聲音詢問蟑螂拓。

「他到底用了什麼手法？」

蟑螂也小聲回應：

「我不是說過嗎？周邊下注，主要是看珠子的速度。好比說，這個速度大概再五圈珠子就會掉下來。記下珠子當時的位置，再配合轉盤的轉速，推測珠子大致會落在哪一格。從剛才開始阿賢說的都是轉盤上同一排數字。不過話說回來，第一次遇到的桌臺我實在無法看個三輪就猜中，這還是第一次看到這種神蹟。」

猴子也驚訝地看著小峰、在輪盤後面的平山則僵直不動。一直沒說話的阿賢微微駝著背、悄聲表示：

「抱歉，我畢竟還是人類，讓你們見笑了。只有小鬼才會一開始就想先聲奪人，給對方下馬威。」

小峰對著賭棍的背影說：

「你不必道歉。暌違已久的輪盤，而且是第一次接觸的賭桌，就能連續二次押中目標，實在是非常精湛的技術。」

阿賢嗤之以鼻，叩叩地敲了兩下桌邊。這似乎是他焦躁時的習慣。

「瞎貓碰到死老鼠，碰巧猜中罷了。荷官怎麼看我，根本與勝負無關。在還沒完全掌握這賭桌的特性前就逞能下注，這不是不賭錢、遊戲或練習等藉口所說得過去的。方才僥倖猜中也就罷了，但若是失準，接下來的勝負豈是一個慘字了得。能拿錢出來分勝負的，就只有一晚上。」

的確，一旦失敗引起岩谷組的戒心，就沒有下一次機會。對方是賭莊，只要之後禁止小峰等人進出即可。賭棍冷冰冰地說：

「所以，麻煩你再打個一百次珠子。我還沒完全瞭解這張賭桌的特性。」

平山乖乖聽阿賢吩咐拿起紅5的珠子，往轉盤外圍一丟。老賭棍又用那不像是專注在一處的眼神，將輪盤全貌盡收眼底，並隨口說：

「單純練習果然是使不上勁，要不要拿今天晚餐來賭啊？」

蟑螂拓點頭，連忙去兌幣處取籌碼。就算是皮毛也無所謂，偷師輪盤職業賭徒的技術，說不定能在危急時幫上忙。小峰和猴子也一同將手伸向色彩繽紛的輪盤籌碼。

□

之後五天，五個人一過中午就到準備中的「七生」集合，演練實況成為他們每天的工作。平山當荷官、猴子扮演人稱計分員的賭場守衛、阿賢操作本金，而小峰和蟑螂拓負責押小注，一面輔助阿賢一面注意賭場方面的動作。

傳奇賭棍在第一、第二天皆以注視流水般的眼神，望著輪盤的轉輪。小峰漸漸瞭解那是阿賢注意力最集中的時候。即使沒有聳肩或發出聲音，這名賭棍的神經亦緊繃如隨時會斷裂的弦線。這點只要在阿賢脫掉外套，結束一天的練習時就能知道，因為汗水總是浸濕他整片襯衫背面。

有0與00的美式輪盤存在十一種一百六十一類的賭法。不光是選擇號碼，看是押紅、黑、偶數、奇數，還是押一至十八前半及十九至三十六後半數字的賭大小，或是押一至十二、十三至二十四、二十五至三十六這三處的十二個數字組合。此外，押數字的下注方式也有：在分隔兩個數字間的標線上下注的押二個數字組合、在橫排三個數字的邊線上下注的押三個數字組合、在四個框中心的十字線上下注的押四個數字組合（以此類推至六個數字組合）等。歷史悠久的輪盤制訂了多樣化的賭博方式。

阿賢下注的方式始終如一。在前店長宣布「下好離手」前，以布滿皺紋和靜脈的右手迅速於桌上來回。等到他的手回到木製桌邊的瞬間，賭桌六格數字上已如魔術般各放了三枚籌碼。阿賢總是以六格為目標押單注。百思不解的小峰這天終於鼓起勇氣詢問：

「你不使用單注以外的賭法嗎？」

阿賢眼睛眨也不眨地看著小峰說：

「你之前沒碰過輪盤吧？單注以外是小家子氣的賭法。輪盤最讓賭場害怕的是賠率有三十六倍之高的押單注。如果每次押六個數字，六次當中只要中個一次就回本。押紅、黑的賠率為二倍，二次都沒押中就輸了。更不用提多種數字組合，只是讓勝率下降罷了。」

的確，和桌臺整齊排列的數字不同，輪盤是打散後隨意排列的數字。即使將籌碼下在一和二中間的兩個數字組合，這兩個在賭桌上當鄰居的數字到了轉盤幾乎在對角線上。對各憑本事預測珠子落點的賭棍而言，押多種數字組合根本是沒用的伎倆。

□

練習進入第三天的下午三點，或許是因為聽了猴子的報告，冰高組組長竟然帶著二名高頭大馬的保鏢到「七生」露面。猴子發現後立刻挺身鞠躬。

「日安！」

小峰一轉頭便看到冰高穿著類似銀行員的深色西裝，臉上掛著揶揄的笑容，舉單手和他致意。

「嘿，事情進行得如何？」

冰高的聲音帶著挖苦的音調。見沒有人答話，二名保鏢的眼神又變得益發凶險時，小峰不得已回說：

「還不賴。」

冰高沒理會小峰，反而看著賭棍面前堆積成山的籌碼。

「確實看來不賴。猴子，你怎麼說？」

猴子鐵了心以中氣十足的聲音說：

「賭博沒有絕對，但我們有相當的勝算。懇請公司上下給予支援，順利的話，說不定可以踢掉岩谷叔。」

岩谷的名字讓冰高的笑容瞬間消失、鎖眉。加深的陰影叫人看不清他的眼神。

「你有計畫了嗎？」

猴子點頭看著小峰，小峰也點頭回應。

「關於這點，能否借用您一點時間？」

猴子走到前方的吧臺，冰高和小峰也慢步跟上。三人並肩坐在椅凳討論起來。阿賢見狀終於安了一顆心地對平山說：

「欸，他們聊什麼與我們無關，快點丟珠子。」

前店長的右手往輪盤一甩，象牙珠枯燥的滾動聲在賭場內低聲迴盪。

□

第三天成了分界，在那之後阿賢不再那麼熱中於練習。即使出現在賭場也鮮少靠近輪盤，反而常邀蟑螂拓和小峰玩百家樂。在輪盤方面表現得料事如神的阿賢，在換了賭博的種類後也似乎換了個人。他玩百家樂的技術，和只強過初學者的小峰不相上下，時輸時贏。每次看牌都會大聲吆喝的傳奇賭棍，看來是打從心底喜愛賭博，和賭輪盤時自持的表情形成強烈對比。猴子擺出一副苦瓜臉，背向吧臺對阿賢說：

「阿部先生，你不用多磨練輪盤的技巧嗎？再過二天就是『黑夜』。在我向社長求得組織全面的支援之下，失敗可不是輸錢那麼簡單喔！」

阿賢沒理會猴子，反而拿了金色籌碼押莊。

「別急，我以往看賭桌再長也絕不超過半天，這回已經連續奮戰了三天，十分足夠了。我不希望練習太多而磨鈍了五感，那才會叫人麻痺大意。」

猴子面不改色地轉著椅凳睨視阿賢，同時冷冷道：

「隨便你。只是，這場賭局若是輸了，你也免不了要以某種形式負起責任。」

「又不是只會斷人手指的岩谷，你要逼我這個普通人剁手指嗎？少用那種無聊的話威脅我。」

面對猴子的諄諄告誡，老賭棍竟不以為意地繼續玩百家樂。當連續開了四回莊家後，他將押在閒家的金色籌碼增為三倍。小峰對猴子說：

「猴子先生，你別這麼死板。這局結束後，我們一起出去吧，我想事先排定『黑夜』的行程。賭場的事情最好交給三名專家。」

阿賢老神在在地翻牌。連同最後一張黑桃三，點數合計為八。例牌（natural）——對方不需補牌，即定勝負。擔任荷官的平山掀開蓋住的牌。紅心Q為零點，合計點數維持五不變，所以是閒家獲勝。平山邊疊上小峰和阿賢贏取的籌碼，邊表示：

「這裡交給我們吧！你們稍微休息一下。我們三個明明賭累了，卻除了賭沒其他事好做。玩百家樂就是我們放鬆的方式，真是病入膏肓。」

蟑螂拓於百家樂賭桌的另一端聳肩。小峰和猴子走出燈火昏黃的賭場，爬上散發著霉味、黯淡無光的樓梯，迎向光彩奪目的八月街道。猴子和背對自己的小峰說：

「我看你和那三位是不同類型的人。」

小峰遙望即將日暮的天空——被切割四方形的天空中，飄著由內綻放出光輝的純白積雨雲。他豁然開朗地回道：

「是啊，我終究無法成為職業賭徒。」

猴子訕笑著輕戳小峰的肩膀。

「這樣的你卻掏出手頭上所有現金豪賭。由此可知『人急懸梁，狗急跳牆』的道理。要再去吃中華涼麵嗎？」

二人離開太陽六〇通，步上熟悉的巷弄，往池袋車站東口的風化街走去。

□

八月二十七日是晴朗無雲的好天氣。

夏天雖已接近尾聲，夜裡令人輾轉難眠的氣溫卻持續刷新紀錄。午後，小峰在開著空調的屋內醒來、沐浴，再到附近的餐館解決午餐，卻因為過度緊張，一走出店門便忘了自己剛吃的是什麼。

傍晚出門前，他選擇了黑色夏季西裝和白襯衫，搭配黑白圓點的領帶。正如阿賢所說的，西裝擁有整肅心情的效果。只要能在「黑夜」取得心理層面的優勢，他什麼都願意做。

晚上八點後，小峰離開公寓，踏上要町的街道，慢慢走至池袋車站。和急著回家的上班族和粉領族人潮逆向，朝東口的風化街邁進。夜裡絢爛的霓虹一如既往地向疲憊的人們招手。小鋼珠、泰國浴、半套店、MTV……經過的每家店都讓小峰覺得耀眼和懷念。今晚的賭局要是輸了，自己即為盜領犯。到時恐怕連這種風化街，都無法隨心所欲地走動了。不想繼續負面的思考，小峰拿出外套內側口袋裡的手機，看也不看地按下速撥鍵。

「喂……」

香月遲疑的聲音在耳邊細語。小峰聯想到她被割下的棕色髮束，胸口頓時一熱。

「是我。我現在要過去了。」

香月又故作堅強地換上沉著的聲音，以唸台詞的方式說：

「加油，在把最後一枚籌碼贏到手之前，不許退縮。」

小峰苦笑看著情侶如膠似漆地消失在賓館街。

「香月，若能順利度過今晚的難關，我打算戒賭。這次是說真的。」

「是嗎？」

「我會乖乖回歸本業，用電影而不是百家樂定勝負。這次事件讓我見識到形形色色的人。我好賭的程度似乎不至於讓我持續一輩子賭下去。」

香月朝氣蓬勃地說：

「你現在才知道這件事？涉哥根本沒半點賭博的才能。我會醒著等你，今晚無論幾點結束，都打通電話給我。」

小峰回了聲知道後掛斷電話。再繼續說下去，他恐怕會拋下「黑夜」逃到香月那。說不定還會軟弱地說出從未掛在嘴邊的求婚台詞。

東口風化街的盡頭可見並排的辦公大樓露出冷清的一角。冰高創意進駐的B-1大樓佇立在靛藍的天空下。霧面玻璃自動門前，有二名男人的身影。其中一人在小峰接近時舉起手。

「終於到了這個時候，小峰先生。」

蟑螂末永穿的不是平常的格紋西裝，而是黑西裝。一旁的賭棍阿部微微掀帽致意。他穿的也是黑西裝，只是近看粗糙的紋理便知是麻料。傳奇賭棍面不改色地問：

「錢呢？」

「寄放在裡面的金庫。走吧。」

小峰隨著二人走進冰高創意的大門、通過狹窄的大廳。打開掛著門牌的鐵門後，即是櫃臺。猴子抱胸站那後方，身上穿著新潮的窄版光澤感黑西裝。他們四人事先沒有商量過服裝，這會兒卻全換上了黑西裝。猴子一見到小峰和賭棍的打扮，無聲地吹了吹口哨。

「簡直是昆汀・塔倫提諾。跟我來吧，我們要進行最後一次的會議。」

小峰憶起八月初準備假搶案時也是這種心情，但和引發《霸道橫行》⑱事件的當天早上不同的是，這次應該不會有叛徒。

□

八月二十七日晚間九點，「七生」的「黑夜」早已開始了。

⑱ Reservoir Dogs：鬼才導演昆汀・塔輪提諾的處女即成名作。一九九二年上映的犯罪電影，講述犯罪集團打劫珠寶店的事跡敗露後，開始清查內鬼。

小峰他們被帶進用隔板隔出的會議室。四人沒有入座，直接圍繞桌子站定。貼近天花板處的隔板空隙傳來敲打麥金塔的鍵盤聲。冰高創意似乎迎向製作特種營業傳單的最高峰。猴子拿起桌上圓形透明的塑膠盒遞給小峰。小峰嚇一跳說：

「要戴上這玩意嗎？」

浸泡在濃稠液體中的隱形眼鏡為香港製造，邊緣不平整的劣質品。盒中只剩一片瞳孔部分染成棕紅的鏡片。猴子指著自己的左眼。

「習慣了就沒什麼。你也沒發現我有戴吧，雖然我看到的世界有一半成了紅色。」

小峰歎了口氣，將詐賭用的隱形眼鏡放在中指，輕輕貼上左眼，然後反覆眨眼，拭去多餘的淚液並抬頭。站在他左邊的蟑螂拓的白襯衫成了濃濃的粉紅色。

桌上還有兩只中型的鋁製公事箱。蟑螂拓倒吸了一口氣，望著橫放的公事箱，嗓音嘶啞地說：

「錢在這裡面嗎？能不能借我看一眼？」

小峰點頭拿出外套暗袋裡的鑰匙，打開公事箱。六十捆上了封條的鈔票，如玩具磚塊整齊排列。這些是小峰的總財產，也是託付給他製作電影的資金。蟑螂瞇起眼睛，像是見到什麼刺眼的東西，而阿賢只是睇了一眼確認內容物。

公事箱裡還有三分之一的空間，要用來置放類似露營使用的提燈。小峰拿起大小與攝影機差不多的小型提燈，按下開關照著桌面。紅色燈光使桌子像沾濕般的浮現清楚的木紋。

「這燈已換上紅外線燈泡。如果岩谷的錢真沾到詐賭用的透明墨水，就會被這道光染紅。」

□

深夜零點五分前，小峰一行人在東池袋的暗巷下了計程車。眼前錄影帶販賣店的燈火比白日光輝燦爛，但接近最後一班電車發車的時間，正經行業的上班族和學生像潮汐般開始從池袋街頭退向車站，只有正在放暑假卻沒地方去的小鬼頭、暴力團後備軍的混混，以及藥頭和賣淫的人像種在坑裡的蘿蔔般留了下來。

猴子悶不吭聲地走下通往賭場「七生」的階梯，隨後是提著公事箱的小峰與慢條斯理踏上紅毯的阿賢和蟑螂拓。七條尾巴如扇子打開的貓標誌逐漸映入眼簾。黑色的玻璃門上張貼了「包場」的告示。猴子對著門上方的監視器說：

「我帶了冰高先生介紹的客人，麻煩開門。」

數秒後，自動門滑開。籌碼碰撞和女人操著廣東和北京話高呼的聲音瞬間迎面而來。正門寄物處出現了一位從未見過的男侍。大概是岩谷組帶來的人吧。

「歡迎光臨。請問該怎麼稱呼?」

他說話的口音有點奇怪。這個長相不輸偶像明星的男人肯定是使了某種手段過海而來。

「沒關係,不用招呼他們。」

從店裡面走出的男人是先前京極會衝突事件中見過的矮子男,岩谷組的涉外組長中本。頭髮向後梳理的油頭沐浴在正上方的燈光下,發出滑潤的光澤。猴子微微點頭致意。

「我帶組裡的客人來玩,麻煩替我向岩谷叔問候一聲。」

猴子與他說個二、三句話,就往入口附近的沙發走去。中本半瞇著眼,注視抱著公事箱走過自己身邊的小峰。

迎向深夜尖峰時刻的賭場看來輝煌奪目。在已經習慣開店前閒適氣氛的小峰眼裡,「七生」簡直成了另一間店。零點左右,賭氣愈來愈熱。吃角子老虎、百家樂、輪盤的位置都坐了八分滿,歡呼聲此起彼落。男性大多穿著高級西裝,完全不見平時夜裡全身穿運動服的年輕人。女性全畫著濃妝,散發出夜間工作者的氣息,而她們身上深V又開高叉的晚禮服似乎是約定俗成的裝扮。數片詩籤般細長鏡子相連的牆面上,映出幾十位女性,個個都看來像是同個模子印出來再上色的人偶。小峰向表情再度變得平靜如水的賭棍詢問:

「要換多少籌碼?」

老賭棍掃視寬敞的店內。

「一千五百萬。十萬圓的籌碼換一百五十枚。蟑螂拓，等會兒幫我拿一杯特別稀釋過的威士忌蘇打過來。」

語畢，他離開休息區，靜靜走到輪盤前，待在早已坐在那的兩個情侶後方，觀察荷官的手法。小峰在兌幣處用十五捆鈔票換來一百五十枚塑膠籌碼，拿了五枚放進自己口袋，又塞了五枚到蟑螂拓的手裡，才把剩下的交給已經在賭桌右邊角落的老位置坐定的賭棍。阿賢將籌碼山推向荷官。在輪盤方面，玩家會用不同顏色的輪盤籌碼區分個別的輸贏。傳奇賭棍對年紀可當他孫子的金髮荷官說：

「還有綠色的籌碼嗎？最好是四葉幸運草的。」

七根一疊二十枚的綠柱子，排在賭棍面前。荷官面無表情地丟出珠子。象牙珠滾動的聲音，聽在小峰耳裡有如槍聲般尖銳。

阿賢沒看輪盤或珠子，便在眼前桌上的紅34、黑35、紅36各放了一枚籌碼。小峰以為會持續到永遠的時間過去，最初的珠子落在紅18。荷官頂著撲克臉將籌碼收刮到手邊。在斜後方觀看的猴子眼裡，閃過一絲光芒。蟑螂拓壓低嗓音說：

「別擔心，這是阿賢的儀式。一開始的籌碼不是給店家，而是獻給供他玩樂的賭桌。這是自古流傳下來討好彩頭的方式。」

看來沒有人押中。荷官整理好散落在綠毛氈各處的各色籌碼後，再次丟出珠子。阿賢起身挺直腰桿，由桌邊傾向轉盤。即使在喧囂的賭場中，小峰仍彷彿聽見老人神經繃到極點的聲音。阿賢的右手像在賭桌上來回撫摸似的移動。紅21、黑6、紅18、黑31、紅19、黑8。他在這六個位置，各放了一枚十萬圓的綠色幸運草。失去動力的象牙珠最後撞上分隔數字的金屬遠遠彈到旁邊。紅12。就在阿賢判斷的黑8隔壁。開始至今的二局勝負已讓小峰損失將近百萬。猴子露出一副完蛋了的表情，但小峰把注意力放在阿賢和蟑螂拓的表情上。昔日傳奇賭棍皺巴巴的臉上，看不到一絲洩氣。小峰回神拿出胸前口袋的二B鉛筆，在賭場提供的輪盤紀錄卡記下今晚最初的勝負結果。

紅18X　紅12X

□

輪盤是充滿速度感的賭博遊戲，約三到五分鐘就決定一局的勝負，所以連續五局的賭盤二十分鐘就結束了。這時小峰記錄卡上○X的比例也拉回近半。

紅18X　紅12X　黑11○　紅25X　黑4○　黑34X　黑13○

輪盤押單注的賠率為三十六倍。只要預測正確，阿賢的綠色幸運草一枚就能換來三百六十萬圓。開始三十分鐘，阿賢的面前多了三根半的籌碼。連在賭局進行到一半時，決定不計算金額的小峰都忍不住盯著眼前的籌碼山。目前已增添了將近七百萬。猴子在他耳邊悄悄說：

「這算是不錯的開始，你看。」

盛裝打扮的男女開始往輪盤桌聚集。韓國女公關離開百家樂的位置，大聲要求更換輪盤籌碼，想搭順風車。金髮荷官的臉像漂白過一樣發青。原本荷官一人顧的賭桌，又增加二名負責監視的計分員。以賭場員工來說，長得稍嫌恐怖的這兩個男人散發出一股不好惹的氣息。三十出頭的荷官主任走過來說：

「很抱歉，這桌只接受目前已經在玩樂的客人下注。」

一旁看熱鬧的客人發出歎息。男人調整好領結後，就這麼留在賭桌後方不走。從這局的勝負開始，金髮荷官成了專門打珠的轉盤手，主任則接管賭桌注意桌上的風吹草動。可能是因為押中的比率過高，而懷疑阿賢使用POST-PASTING（開盤後才下注）等手法詐賭。

時間接近深夜一點，阿賢儼然成了「黑夜」裡的英雄。其他不滿賭場態度的客人開始聲援他。當賭棍專注在輪盤上時，蟑螂拓從口袋掏出二枚金色籌碼，交給穿著與泳裝無異、又不時壓著超短迷你裙展現好身材的賭場女郎。

「我請今晚所有在場的客人喝香檳。」

客人歡聲雷動。蟑螂眨眼告訴小峰：

「拉攏現場的客人，製造店家不是對我們，而是對全體客人的氛圍。如此一來賭場方面便無法做出奇怪的舉動。」

象牙珠滾動的聲音響起。阿賢的右手輕盈遊走在綠毛氈上。枯枝般的指尖看在小峰眼裡，有如劃過草原天空的滑翔翼。紅3、黑15、紅34、黑22、紅5、黑17。押在六個數字的綠色幸運草，這回倍增為二枚。

單注就押了二十萬！

贏了就一次收回七百二十萬圓。也難怪聚集在阿賢身邊的各國賭客會發出分不清是歎息還是喝采的聲音。

□

接下來三十分的六局勝負中，阿賢的勝率稍微下跌。小峰記錄開出數字的卡片上，表示敗績的X印逐漸增加。

黑29X　黑10○　綠00X　黑4X　黑2X　黑31○

六局押中二回。老賭棍說的沒錯，輪盤中單注以外是小家子氣的賭法。賠率高對賭客才有利。就算三次只押中一次，這三十分鐘來二十枚一疊的籌碼就又增加了三根半。阿賢原本的賭資為一千四百萬圓，所以他在這個時點已經贏得近開始時的一倍金額。

賭棍的背脊直挺挺得像是吊了根繩子，贏錢似乎招來更多氣力。從他的背影實在無法想像他是個年過六十的老人家。

他們賺了將近一千四百萬，可是這離掏空岩谷組金庫的目標還有一大段距離，現在不過是序曲。小峰沉住氣。賭博在最後獲勝的，才是真正的贏家。他望向猴子，猴子以充血的眼睛回望他。蟑螂拓也彷彿返老還童，臉頰紅潤如玫瑰。背後排山倒海而來的歡呼，使小峰如夢出醒地看向賭桌。

賭棍下注的籌碼厚度又增加了。

一格三枚！

從現在開始的勝負全是押中一注，賠彩就超過一千萬的賭局。小峰眼睛飛速看過賭桌上的數字。黑29、紅12、黑8、紅19、黑31、紅18。當象牙珠減速時，他的心也跟著抽痛。白色的珠子在格子裡晃了二、三下後，確定了數字——黑31。金髮荷官的臉色因憤怒和屈辱而脹紅。荷官主管滿頭大汗卻故作鎮定。一旁的觀眾人手一杯香檳，像在看球賽似的激動尖叫。

綠色籌碼似乎用完了，所以現在推到阿賢面前的是風車圖樣的鮮橘色籌碼。比金子有價值的五根半籌碼，如壁壘排在綠色籌碼前。荷官汗也不擦地瞪著阿賢。賭棍看著賭桌，表情如清晨無風的湖面般波瀾不興。

「現在是荷官輪替的時間，煩請稍待。」

要求立刻重開賭桌的噓聲飛向前往休息室的金髮和主任。小峰轉身望了一圈賭場。岩谷組的中本手肘靠著吧臺，不知在跟誰通話。小峰於是看了猴子一眼，猴子點頭悄聲說：

「想必是急了吧。敵方也差不多要有所動作了，再過不久便輪到岩谷叔登場。」

□

短暫的休息過後，馬上重開輪盤的賭局。這會兒出現的二名荷官都年過四十歲。負責監視賭桌的荷官是個肌肉發達的壯漢。他挺胸撐起胸口的白襯衫，悶聲不響地對賭桌另一側的賭棍施壓。站在輪盤後方負責打珠的荷官則是個頭中等的胖子，他靜靜俯瞰賭桌，一雙眼睛簡直像是「葡萄乾麵包上的葡萄乾」。小峰在二個男人身上感到和阿賢同樣由修羅場生存下來之人的特有氣質。

輪盤開始向左迴轉。荷官從反方向丟出象牙珠。在轉了幾圈後，賭棍看準珠子的動向，右手開始在桌上遊走。綠0、黑2、紅14、黑35、紅23、黑4。這次也各押了三枚綠色籌碼。賠彩一千萬的豪賭。珠子在「黑夜」客人的屏息期待下，掉進黑2那格。當珠子靜止時，寬敞的店內有一半的人像凍結般的靜止不動。

荷官暗自咬牙，默默將超過百枚的籌碼堆在阿賢面前。或許是想分享這奇蹟般的好運，一名膚色略黑、不知是泰國或菲律賓的女公關，上前輕觸賭棍的背部並喃喃禱告。猴子輕輕搭著女子的肩膀，把她帶回聚集在輪盤賭桌後方的觀眾群。

接下來三十分鐘，興奮像是沿著螺旋永無止盡向上攀升。雖然不是自己下場，但每次揭曉結果觀眾都會跟著驚呼、歎息、高舉雙手、捶胸頓足、或當場跳起來。掩藏激動和喜悅的美德，不存在亞洲各國男女的觀念中。異樣的氛圍如炙熱的平底鍋底，將整個場子燒得焦黑，也使小峰在輪盤記錄卡上寫字時整個狂抖。自籌碼增為三枚以來的八回殊死戰，是阿賢獲得壓倒性勝利。

紅34X　黑6◯　紅7X　黑22◯　黑13◯　黑33◯

三連勝後，某國女性尖叫一聲倒在紅毯上。籌碼從賭桌傾洩而下，店裡的男人被迫移向阿賢身旁、靠近因為擺不下而放到茶几的籌碼小山——在這三十分鐘多了將近三千三百萬，等於十分鐘就狂賺一千萬。

同桌下注的韓國小白臉和台灣媽媽桑，可能受不了現場氣氛，而抽回自己的籌碼。蟑螂拿出口袋裡的金色籌碼，敲了敲桌子木邊，各給他們一枚。

時間來到深夜二點半時，已形成小峰一行人單挑賭場的局面。賭場的人分別站在輪盤桌左右。二名荷官、增為四人的計分員，加上岩谷組的中本和手下二名小弟，全盯著阿賢不放過任何風吹草動。反觀小峰這方，賭桌右邊角落是傳奇賭棍阿賢、一旁的小峰，和隨侍在阿賢身後的蟑螂末永。小峰的背後則由猴子全面戒備。

當時間接近深夜三點時，猴子的手搭上小峰的肩膀。

「你看一下後面。」

著魔似的專注在輪盤上的小峰抬起雙眼掃視賭場。店內的情況和稍早時不太一樣。客人一樣興奮，卻多了不少人，而且大多不是有錢的外國賭客，而是池袋街頭常見的不良少年。猴子附耳低語：

「岩谷組的底層組員。中本那傢伙動員來的……」

猴子的話還沒說完，吧臺前面一排混混便緊張地跳下椅凳立正站好，一同望著入口處。穿著黑色夏季針織衫的男人，接在先頭的魁梧男人後面慢條斯理地現身。混混一同低頭敬禮。猴子的聲音也跟著緊張起來。

「岩谷叔來了。」

白髮蒼蒼的平頭下，是傷痕累累的狹窄額頭、和看不出情緒的黑眼珠。黑色針織衫的胸前是在紅色狗屋屋頂睡午覺的史奴比。如此滑稽的圖案似乎是手工縫製的。岩谷組組長掏出插在口袋裡的右手抓頭。小峰發現他的右手只剩拇指、食指和半截中指這三根手指。猴子注意到他的視線，苦笑說：

「你看，那就是有名的黃金指。那位大叔每次平息道上的紛爭都會剁下手指，要對方看在他的面子上息事寧人。那位老大只要這麼做，事情就會當場圓滿收場，而他這麼做，是因為背後牽扯到高額的交易。聽說金額不到一億，他是絕不會剁下手指的。」

岩谷用只剩二根手指的左手靈活地撐著手機，怒罵對方。阿賢不曉得是什麼時候回頭注視坐在入口沙發的岩谷。岩谷對上他的視線，眼睛瞇到只剩一條縫。看來那就是那男人對老友的問候，也是他表達感情的極限。小峰避開他土佐犬般的飢餓眼神，回到輪盤上。那個男人只能交給猴子處理。他的賭注已全押在滾動的象牙珠上。

□

深夜三點後，進行第二次的荷官輪替。這時小峰他們已經賺了將近七千萬。蟑螂拓忙著整理籌碼。自從一對一以來，荷官便不分籌碼顏色給付賠彩，導致阿賢身旁的小桌子堆滿色彩不一的條柱。

替換上場的荷官是先前金髮和主任的搭檔，而且二人一看就是戰戰兢兢的模樣。金髮荷官的視線穿過站在他面前的賭棍，對上靠坐在休息區沙發的岩谷。主任荷官開口諮詢：

「你這樣不方便活動吧，要不要換成十倍價值的籌碼呢？」

「不必了。」

阿賢的聲音變沙啞了。小峰今晚第一次察覺賭棍流露出疲態。從午夜零點以來的三個小時，賭棍一直站著，只有偶爾沾一點稀釋過的威士忌蘇打調酒，就繼續下注。賭金來到終盤是一局接近二百萬的豪賭。小峰無法想像那對精神和肉體雙方的耗損有多大。

神情同樣明顯不對勁的女侍捧著銀盤、踩著細高跟，搖搖晃晃地走過荷官身後。

「啊！」

那個女侍發出做作不自然的聲音，絆倒在平坦無物的紅毯上，想要扶住的地板的手，反抓住放著輪盤的小型圓桌的桌腳。木頭尖銳的摩擦聲，讓小峰大吃一驚，而旁觀的客人也跟著驚呼。

「對不起，我失態了。」

年輕女性頭也不抬地跑進店裡面。荷官面不改色地說：

「不好意思，麻煩給我們一點時間調整轉盤。」

小峰看著猴子，可他只是搖頭。再看賭棍的背影，明擺著鬆懈下來。這時，阿賢回頭對小峰說：

「陪我去個洗手間。末永弟，麻煩你幫我顧著……」

然後他加大音量好讓荷官也能聽見。

「這家店似乎輸錢就會將女人踹向輪盤，所以你要小心別讓那邊的計分員偷走我的籌碼。」

□

對著小便斗裡透出寶石光澤的冰塊⓳解手後，阿賢問：

「我目前賺了多少錢？」

小峰的肚子雖然脹得發疼，卻怎麼使勁也擠不出一滴尿。

「大約五千五百萬。」

「是嗎？你不覺得現在正是急流勇退的時候嗎？對方打算在轉盤上動手腳，就算沒動手腳，只要重新調整賭桌的高度，就得花至少一個小時來解讀新的特性。這間賭場是早上五點收店吧，剩下二小時根本不夠時間。」

小峰在心底努力撥算盤。五千萬太不上不下了。他不知道岩谷組金庫藏了多少錢，可光是他們搶走的金額就高達一億四千萬。要讓他們吐出沾著印記的紙鈔，這點錢恐怕不夠。

「阿部先生，請你堅持到最後一刻。賺錢不是這場勝負唯一的目的，這也是場擊垮岩谷

⓳冰塊：據說小便斗放冰塊可以減少細菌滋生及臭味。

組的戰鬥。」

阿賢用肥皂洗手後，在洗手台接著水反覆潑向臉龐。

「你這小子使喚老人家的方式實在太不客氣了。而且，你要知道接下來沒辦法贏得那麼輕鬆。運勢的風向變了，輸贏恐怕難說了。」

小峰吃驚望著洗手台鏡子裡的賭棍，鏡子裡纖塵不染。

「你不是靠技術和判斷獲勝至今的嗎？」

傳奇賭棍笑咧了嘴，輕撫著已有些許白髮的頭。

「再高的本事少了運氣也無用武之地。好了，咱們回去吧！」

□

賭棍的判斷是正確的。之後一小時的賭局，他們逐步流失累積的籌碼山。同樣是押單注，阿賢的準確率卻低得無法和今晚稍早時相比。小峰的記錄卡填滿代表敗仗的X印。深夜三點至四點間開出的二十二場勝負中，阿賢只贏了二次。掩不住疲憊之色的老賭棍繳了近二千萬回賭場。

荷官的臉逐漸恢復血色，似是察覺運勢變了，也不再畏懼岩谷，大方看著入口處的沙發，露出淺淺笑容。賭棍的後頸冷汗直流。小峰耳裡一再聽見香月的勉勵。

（把最後一枚籌碼贏到手。）

小峰努力思考。照現在這樣繼續賭下去，輸得精光只是時間的問題。他必須想法子改變局勢。要是錯過今晚，得知阿賢可怕之處的岩谷，不可能容許他再出入「黑夜」。小峰的視線落在眼前賭桌上的紙片。潦草的字跡紀錄著屢戰屢敗的成績。

紅9X　黑15X　紅30　黑22X　黑13X　黑4X

撇開數字和X印，就是單純的紅黑輪替。就算卯足全力用五感和技術判斷，珠子終究不是進紅便是進黑，和百家樂押閒或押莊沒什麼兩樣。小峰回想剛栽進賭博的時期。

立在轉盤中央的金色十字往左迴轉。往事歷歷通過眼前。在小峰任職的影像製作公司中，多的是他自認無法與之才華或頭腦匹敵的人。可即便是才華洋溢的人，在小型製作公司也拿不到工作，而拿到的工作又讓人無法大展身手，以致沉溺酒色，因此不為世人所知而消失的才華不知凡幾。小峰一直提心吊膽。崇拜的學長也免不了凋零的電影界，不屬天縱英才的自己要如何生存下去呢？賭博種這種瞬間的狂熱，蒸發了那股不安，賦予小峰內心剎那間的安寧。

象牙珠咔一聲掉進格子裡。黑22。至今已連續開出四次黑色。迷上賭博後，時光荏苒。到頭來才智都不是問題，人生的創作沒有表裡，也沒有背後更深層的部份。創造力和品味這些無法界定的東西，全是隨人說長道短。人生如眼前旋轉的輪盤，有的只是表面。無論經歷多少歲月都只見眼前表相的光華，不管再怎麼煩惱，到頭來也不過是紅與黑。

小峰提起腳邊的公事箱掀開蓋子，將裡頭殘存的鈔票倒到賭桌堆疊在一起，然後撈出口袋五枚金色籌碼，輕輕放在帶有封條的鈔束頂端，並豪氣千雲地要求荷官：

「幫我把這四千五百多萬全部換成輪盤籌碼。」

自阿賢一路輸賭以來緘口結舌的觀眾開始騷動。猴子以訝異的眼神對他行注目禮，蟑螂拓則破口大罵。

「你瘋了嗎？你會輸到脫褲子的！你這個外行人玩輪盤哪能玩出什麼花樣？」

小峰瞥了垂肩站在一旁的阿賢，再次確認老賭棍的氣力正逐漸耗盡。看來只能靠自己下注了。這場本來就是屬於他的賭局。人生遲早要將自己的籌碼押在紅與黑的其中一方。見到鈔票山再度臉色鐵青的荷官，忍不住將眼神瞟至入口處的沙發，嘶聲說：

「麻煩您稍待一會，我需要請示老闆。」

帶有光澤感的背心排開附人群前進。始終坐在沙發上的岩谷在聽過荷官的報告後，對著遠處的小峰露齒而笑。

荷官重新回到賭桌後方的固定位置，點頭告訴小峰：

「老闆同意受理。您想怎麼換籌碼？」

「一枚就好。我要那個。」

他選了在荷官面前籌碼盒最旁邊，有個紅色太陽圖樣的籌碼。

「一枚就好了嗎？這樣只能押注一次……」

震懾於小峰的氣魄，荷官囁囁後，交出紅色籌碼。二名計分員飛奔至賭桌前，火速將鈔票搬到兌幣處。猴子注視著小峰的眼睛詢問：

「這樣真的好嗎？」

小峰一語不發地點頭，拿起賭桌上描繪著太陽的籌碼，再用二B鉛筆於記錄卡記下四五五〇的數字。或許是因為眼睛乾澀，賭棍像是抽動症發作般不停眨眼。小峰對這樣的他報以微笑。

「辛苦了，感謝你的鼎力相助。最後一把輸贏請交給我下注。阿部先生的本事果真名符其實。」

阿賢撇嘴抓了抓後腦杓。

「過獎，我年輕時也還不到這火候。你究竟有何打算？」

小峰無聲地搖頭，對荷官說：

「這枚和剩下的籌碼我全押了，麻煩你丟珠子。」

小峰的一句話，瞬間引燃一旁靜觀事情發展的賭客的興奮之情。各國的語言及驚嘆紛飛。小峰將這恍若地鳴的聲音全當成耳邊風。當仍帶點稚嫩模樣的金髮荷官抖著手，沿輪盤外緣丟出象牙珠時，店裡的人已俐落將茶几上的籌碼，搬往賭桌後方。

小峰沒看珠子的速度或金色輪盤的迴轉狀況，直接將籌碼推向並排在一起的紅、黑兩格。紅色籌碼像摩西分紅海般的劃開綠毛氈。小峰沒做任何算計，只是遵循熟悉的百家樂定律。百家樂在連續出現四次同樣結果時，那就不管三七二十一地押另一邊。紅太陽的籌碼停在中央寫著RED的菱形格子裡。當然，在數學上第五局出現紅色的機率仍是一半。

最後一局是輸是贏，小峰已不在乎，只是不想保有不高不低的金額，離開這間賭場。至少，這場勝負可以讓岩谷像他眼前的荷官一樣膽顫心驚。象牙珠會滾向紅或黑的機率是百分之五十。小峰是在荷官丟出珠子後下注的。既然他無法動手腳，賭場的人也同樣沒辦法操縱珠子。

擁擠的店內沒人敢喘一聲，只聽見象牙珠迴轉的聲音咯咯作響。小峰不做禱告，因為緊張的階段早已過去了。他冷靜觀察周圍的人。金髮荷官瞪著旋轉的輪盤，瞪到眼珠子都快掉下來了。主任荷官又放了一枚籌碼在小峰押注的紅格子裡。應該是茶几上的分吧。背後「黑夜」的賭客漸漸往賭桌推進。靜悄悄的大廳，讓廚房的人也不由得從走廊後方探出頭來。

蟑螂拓用力握著扶手，握到關節都泛白了。阿賢瞇眼眺望輪盤整體。再看向猴子，他一如既往地以揶揄的笑容回望他。小峰認為那表示無論是輸是贏，猴子皆已做好心理準備。

「下好離手！」

截止下注的宣告聲響起。小峰人生的最後放手一搏到此結束。

白色的珠子承載著在場所有人的心意，減速滾下轉盤的斜面。好幾次以為它要掉進格子裡，又咔了聲跳出來。如電影的慢動作般，不可預測的動作停在數字三十四那格。小峰傻楞楞的想這數字和自己的年紀相當。蟑螂不知為何猛力拍著他的肩膀、阿賢則靦腆地笑著，用拳頭梳理賭桌上的綠毛氈。站在後方低一階地板的賭客們歡聲雷動。

象牙珠靜靜停在紅34。

賭贏了。小峰在理解這個現實後，忽然渾身發抖。回頭一看猴子正對著手機低語。他這才反應過來，向面色慘白的荷官要求：

「麻煩馬上準備現金，我今晚不玩了。」

小峰瞄手錶。凌晨四點半，離「黑夜」結束只剩三十分鐘。猴子哼了聲對小峰說：

「你真不是蓋的。接下來輪到我出場，交給我吧。」

他的話還沒說完，店門口便傳出動靜。在冰高創意見過的面孔接二連三地衝下通往地下室的樓梯、擠入幾近客滿的賭場。岩谷由休息區的沙發起身破口大罵，但他們沒有付錢以外的選項。要是不付錢的消息從在場賓客口中洩漏出去，下回再也不會有人參加「黑夜」。岩谷組若想繼續主辦今後的「黑夜」，就得拿錢出來。荷官主任和金髮荷官差點當場腿軟。在記錄卡背面計算些什麼的蟑螂拓吹口哨表示：

「真有你的。雖然不到二億，但也有一億九千萬。你要不要改行當職業賭徒？」

小峰白著一張臉搖頭。駝背坐在凳子的阿賢悄聲說：

「若能把贏來的錢帶走又另當別論。」

猴子又哼了聲。

「我們不會拿錢的，這些錢純粹是證據。」

剛才小峰的鈔票被重新搬回輪盤桌上，並在茶几放置小型的點鈔機，接上牆壁的插座。

小峰在這時開口：

「末永先生，麻煩你確認金額。猴子先生，請你到這邊來。」

小峰把猴子叫到輪盤前。二人不時閉起右眼，用戴著隱形眼鏡的左眼注視愈疊愈高的鈔票。數人分工合作搬來的鈔票和荷官的臉色一樣鐵青。當綁著封條的鈔束過百時，他們開始從店裡搬出一束束以橡皮筋捆綁的萬圓鈔。小峰透過只有瞳孔部分染成紅色的隱形眼鏡凝視這些鈔束。結果這些舊鈔像濺到血一樣，到處都是一滴一滴的紅墨水。小峰還以為自己看錯，而睇了猴子一眼。只見猴子默默點頭回應。繼續往上堆的鈔票表面和側面像浸過墨汁般通紅。

沒有墨印的鈔票逐漸被紅色鈔束掩沒。堆在綠毛氈上的小山變得跟潑了血一樣紅。染上詐賭用墨水的鈔票全是假搶案時，遭到橫奪的錢。小峰忽然畏懼起錢所擁有的力量。村瀨和鈴木竟為了區區一抱的紙片慘死，而原本正派的自己也為隻手盈握的報酬參與犯行。

點鈔共花了十五分鐘。荷官以外的賭場工作人員，也許是想盡早忘了這晚的災難，才手腳俐落地配合小峰等人。此時店裡傳來清脆響亮的耳摑子聲。中本直挺挺地站在沙發前，任由岩谷來回賞他耳光。而後，岩谷一把推開他，擠過賓客來到輪盤桌前。

「猴子，今晚的事情全是冰高那小子的計謀嗎？竟然還找來了賭棍。」

岩谷混濁的眼珠死瞪著阿賢。猴子冷冷回應：

「稱不上是誰的計謀。我們只是來取回被搶走的錢。小峰先生……」

小峰拿出公事箱裡的提燈，打開電源。當紅外線燈泡發出暗紅色光芒，打在擺滿輪盤桌的鈔票山時，圍觀的客人開始騷動。鈔票山對紅外線起了反應，發出濕潤的紅光。「那該不會是血吧？」後方傳來這樣的疑惑。猴子繼續平靜的說下去：

「這種透明無色又沒有味道的墨水，是用來在撲克牌上做記號的詐賭工具。我們組裡的錢在遇上突發情形時，就會留下這樣的記號。你應該明白我在說什麼吧，叔叔。」

岩谷氣得說不出話來。猴子頂著一張撲克臉接著說：

「這筆錢是『七生』八月初被搶匪奪走的營收。麻煩您說明一下它為何會在岩谷組的保險櫃裡？」

「放屁！我沒必要對你這樣的小毛頭解釋，少在這邊大放厥詞！」

就在這個時候，一處貼著鏡子的牆壁晃開來。那是為了讓賭客走避警察臨檢的暗門，與同為冰高組經營的酒館相通。小峰日前拜託特殊攝影的專家，從賭場天花板牽影像傳輸線到酒館，所以冰高應該一直透過監視器看著賭場的情況。

冰高組組長和小峰不曾見過、鼻梁尖如獵鷹的老人走出暗道。當他一踏入店裡，周圍便靜得連針掉在地上都聽得見。穿著銀灰色短掛的老人厲聲喝叱：

「岩谷，事情我已聽說了。你侵吞冰高的營收已是不爭的事實。我要你馬上帶著帶著下屬離開閉戶思過，直到我有進一步指示。」

兇殘的岩谷在老人面前竟縮著身子。猴子悄悄告訴小峰：

「那是我們的老大，羽澤組本家的羽澤辰樹組長。」

羽澤晃著鷹勾鼻，對冰高說：

「我知道你嚥不下這口氣，但事情就先在此告一個段落吧。聽著，岩谷。我不要你的手指了。至於該怎麼處分，我日後會再通知你，滾吧！」

除了店裡的人，岩谷組的手下們全像退潮般從店裡湧去。岩谷本人則死撐著面子，狠瞪身旁的每一個客人，最後一個離開店裡。冰高朝老人深深一鞠躬說：

「勞煩您老在這時間跑這一趟，剩下的事情就交給我們處理。」

老人看著小峰笑了。

「無妨，我今晚見識到相當精彩的賭局。那邊的年輕人似乎是你們組裡的客人，你們要好生顧著。」

語畢，羽澤組組長在旁人的陪同下，走出賭場自動門。始終低著頭目送老人到門口的冰高回頭高聲說：

「今晚到此為止，麻煩各位客人移動腳步。」

小峰不服氣地表示：

「岩谷只有那點處分嗎？我們這邊可是死了二個人！」

冰高頂著酷似銀行員的表情聳肩。

「我想再過不久全日本黑道都會收到用紅墨水印刷的絕緣帖。對老頭子來說，失去岩谷組的戰力是種損失，可是這次騷動的負面影響力太大了，岩谷也因此失去爭奪本家王座的資格。我成了僅存的候補。能不能拿回錢倒還其次，能夠踢下岩谷，便已叫人喜出望外了。」

冰高像是想到什麼只有自己懂得的笑點，一個人笑了。

「不過話說回來，你幹得真好。怎麼樣？要不要在我們組裡發揮你的本事啊？」

「不了，請你遵守約定放我自由。冰高先生，你應該沒忘掉另一個條件吧？」

冰高點頭。猴子斜眼看著小峰賊笑。

「嗯，成功報酬的一千萬是嗎？小事一樁。你儘管從這裡的錢拿走七支，但小峰啊，我們組裡會保留你的位置，隨時歡迎你改變心意回來。猴子，幫他把錢裝起來。」

猴子在桌上掀開鋁製的公事箱，裝進綁著封條的鈔束，同時看也不看小峰地低聲道：

「小峰先生，很遺憾不能再和你走在池袋街頭，但如果你在電影界吃不開，就再回來吧！」

「謝謝你，猴子先生，但我可不想再被岩谷組偷襲。錢我日後去取。到時我們找安格妮絲和香月，一起到那家中華料理店大肆慶祝吧！那麼，後會有期了。」

小峰獨自衝上賭場階梯。時間已是清晨五點。抬頭望去，樓梯前方的池袋天空早被黎明升起的太陽染紅。八月底微涼的晨風從街上穿過。小峰雀躍地深呼吸，讓胸中灌滿涼爽的空氣。要用好不容易保住的製作費，在池袋街頭拍出什麼樣的影像，他早胸有成竹。只要直接敘述今年夏天他在這街上邂逅的奇人異士，便是部十足十的紀錄片。一踏出暗巷，小峰便掏出外套內側口袋的手機，只為聽香月的聲音。

（本故事純屬虛構，與實際存在的人物、團體一概無關。）

書評

吉野仁

本書作者感性與明快兼具的文筆，用來描寫活在時代尖端的年輕人可說是再適合不過。說實話，若用路上高中女生打手機短訊的調調作文，會叫人頭疼，但若是一整天坐在書桌前和字典搏鬥擠出的文章，又叫人敬謝不敏。寫出眼見耳聞的真實世界是理所當然的事情，除此以外，要將汩汩流著鮮血的身體各處所受的刺激直接生成文字，才符合期望。我想看的文章要充分蘊含每天變化的街頭氛圍和人的溫度。

石田衣良是這類年輕作家中的翹楚，因為他同時具備卓然的風格和節奏感。

這本小說的風格，在作者出道的成名作《池袋西口公園》——描述聚集在市中心北西鬧區、池袋公園的街頭青年們的生活樣貌以及探究真相的過程——早已確立。然而筆者在這裡指的不單是遣詞用字，背景設定、角色、經手的事件、刺激的故事發展，都再再顯示作者過人的才華。改編成電視連續劇後的高收視率，也證實了小說世界的魅力不侷限於文字。

《池袋西口公園》單行本出版還不到五年，IWGP（池袋公園）系列便已發行到第四部的《電子之星》，但同時，作者亦發行了另一本犯罪小說，描述在池袋街頭討生活的人們，而那正是這本《赤・黑》。

一如本作強打的「池袋西口公園外傳」副標題，系列作中大家熟悉的人物將在書中一一登場。不過，主角和故事都是完全獨立的犯罪懸疑作品，以某個夏天的星期日早晨，行搶池袋最大賭場「七生」營收的場景為開端，敘述男人們賭上性命非生即死的故事，與書名——紅與黑十分貼切。

主角是在影像製作公司擔任導演，名為小峰涉的三十三歲男子。因為三年前認識村瀨勝也這個自立門戶的地下金融業者後迷上賭博。剛開始因「初學者的好運」大賺一筆，如今卻運勢大不如前還輸錢，才接受村瀨的邀約，成為假搶案的一員。和賭場雇用的店長聯手取得高達一億的錢。

當他以為搶案順利按計畫進行時，發生了出乎意料的事，讓小峰從此見識到真正的地獄，並不停自問事情究竟為何會發展到這一步。

故事用小峰的視點、以絕佳的步調敘述即將犯下的搶案因果，卻叫人猜不透接下來會發生什麼事，一再跳脫讀者的預期。開頭不到數十頁，故事便已百轉千折。巧妙的佈局及緊湊的劇情發展，可比昔日的黑幫強盜電影。

此外，和小峰一同奔走尋求事件背後真相，沒有左手小指、綽號猴子的矮子男，本名為齊藤富士男，是在《池袋西口公園》第二話〈熱血少年〉初次登場的羽澤組流氓，也是

IWGP主角兼旁白的阿誠——真島誠的國中同學。

剛好猴子在本書有句「我認識的人當中，有個像你一樣的小鬼叫阿誠」這樣的台詞，將真島誠和小峰涉合為一談。主角和猴子搭檔宛如伙伴地展開調查，也是本作之所以是「IWGP外傳」的另一個極大的要素。

再者，作者曾在某次專訪提到阿誠一開始的角色不夠鮮明，卻隨著故事發展漸漸有了深度和成長。

而本作的主角小峰也一樣。他在開頭一邊嘟囔著「十分鐘賺一千萬、十分鐘賺一千萬」一邊加入行搶的行列時，總有種置身事外的態度，而後才漸漸下定決心迎向新的人生，一面增加存在感。人微但不言輕、和順但不軟弱、一路吃敗仗也不耍手段。就各種層面而言，小峰涉具備了說是真島誠的兄弟也不過的特質。

這樣的主角陸續邂逅的全是躍然紙上、個性鮮明的角色。以村瀨為首臨時成軍的假搶案強盜團、小峰大學朋友的駒井光彥、女性陣營的女主角・秋野香月及安格妮絲、傳奇輪盤賭棍・斷根的阿賢等配角，乃至只出場一次的小角色，作者都為他們撰寫會留下記憶點的特徵或故事。

不僅如此，在石田衣良作品中出現的皆是都會街頭上看似堅強、但實際無法成功適應和融入社會、活得笨拙的男女。至於本作，處處是在背叛或暴力下努力生存的勇者們，但沒有一個人是純粹的英雄或壞蛋。因此先不提這些栩栩如生的角色是否存在，都有不像虛構人物的親切感。這般精湛的角色塑造是作者的特色，而這樣的特色也在本作發揮得淋漓盡致。

除此之外，還有一個關鍵在於時代和舞台與故事之間密不可分的關係。泡沫經濟崩潰後，成為輸家的人面對不景氣的寒風，儘管愈來愈窘迫，但仍前仆後繼地渴望以小博大。事實上，住商綜合大樓林立的鬧區，似乎也到處開著未經風營法許可的非法賭場，讓日本黑道和來自亞洲各國的非正派人士共聚吆五喝六、千金一擲。如同缺錢的人不得已駐足地下錢莊，就某方面來說，不景氣恐怕是非法賭場盛行的原因。有基於此，作者不只是描寫群聚街頭的年輕人生態。

故事的舞台以池袋為主，並跨足新宿等東京鬧區後巷，以帶出CON GAME（信用詐欺）般的爾虞我詐以及輪盤豪賭等經典場景。

再談到OUTLAW（犯罪）小說，一定是風流又現代，絕不會有殘暴的流血場面，也不會有黑幫情義小說那種強迫中獎的催淚情節，更不會有主角長年受到往日傷痕折磨的陰影，而是以流暢的文筆著墨在池袋暗處生活的男性和他們酷帥的模樣，完成盡善盡美的起承轉合，讓人忍不住一個勁地讀到故事高潮的豪賭場面。

此外，本作隨處穿插《池袋西口公園外傳》的小故事也叫人會心一笑。比方說，不賣座的影視導演小峰在左方的台詞：

「我已經年過三十。（中略）更何況我現在押寶一本原著。內容描述池袋街頭少年，是有些奇特逗趣的故事。雖然是新手作家賣得不怎麼樣的作品啦。」

本書雖然是將原本刊載在《週刊朝日藝能》雜誌的故事大幅修改而成的作品，不過雜誌連載的期間碰巧和電視劇播放的期間重疊，這讓人不禁猜測作者是不是刻意藉機推銷電視劇並加以自嘲呢？可能的話，筆者希望本作也能完全改編為電視劇，由宮藤官九郎作劇本、堤幸彥演出。

最後，本作《紅・黑》不僅推薦給《池袋西口公園》系列的粉絲，更推薦給尚未看過石田衣良作品的讀者們。作者儘管描寫了黑街污穢的一面和人們窮途落魄的悲哀，但此書徹頭徹尾是暢快淋漓的OUTLAW犯罪小說，同時也是清新的青春成長小說。

二〇〇四年一月

石田衣良系列 11

紅・黑：池袋西口公園外傳
赤・黒ー池袋ウエストゲートパーク外伝

作者　石田衣良（Ishida Ira）
譯者　亞奇
總編輯　陳郁馨
主編　張立雯
行銷企劃　黃千芳

社長　郭重興
發行人兼出版總監　曾大福
出版　木馬文化事業股份有限公司
發行　遠足文化事業股份有限公司
地址　231新北市新店區民權路108之3號8樓
電話　02-2218-1417　傳真　02-8667-1891
email: service@bookrep.com.tw
郵撥帳號　19588272 木馬文化事業股份有限公司
客服專線　0800221029
法律顧問　華洋國際專利商標事務所 蘇文生 律師
印刷　成陽印刷股份有限公司
初版　2013年8月
定價　新台幣250元

ISBN 978-986-5829-41-4

國家圖書館出版品預行編目(CIP)資料

紅・黑：池袋西口公園外傳 / 石田衣良著；亞奇譯. – 初版. – 新北市：木馬文化出版：遠足文化發行, 2013.08
面；　公分. –(石田衣良系列；11)
譯自：赤・黒：池袋ウエストゲートパーク外伝
ISBN 978-986-5829-41-4（平裝）

861.57　　102014158